1973年にイゴロット族が、ベンゲット山中から掘り出したインゴット(延べ棒)。刻印から、日本軍がカンボジアから略奪し隠匿したものだと思われている

フェルディナンド・マルコス、フィリピン共和国第6代大統領（1917〜1989）とイメルダ夫人（1929〜）

マノン老から財宝らしきものを埋めたと情報提供があった、クロンダイク地区（バギオ近郊・ベンゲット道沿い）【第一章一】

米軍による財宝発掘があったという噂のワワ川、ストーンヒル・ケー（モンタルバン、撮影時は滝となって水が落ちていた。写真中央の穴が発掘跡とされている）【第一章二】

トレジャー・ハンター、ロジャー・ロハス氏（右）とアルバート・ウマリ氏【第二章一】

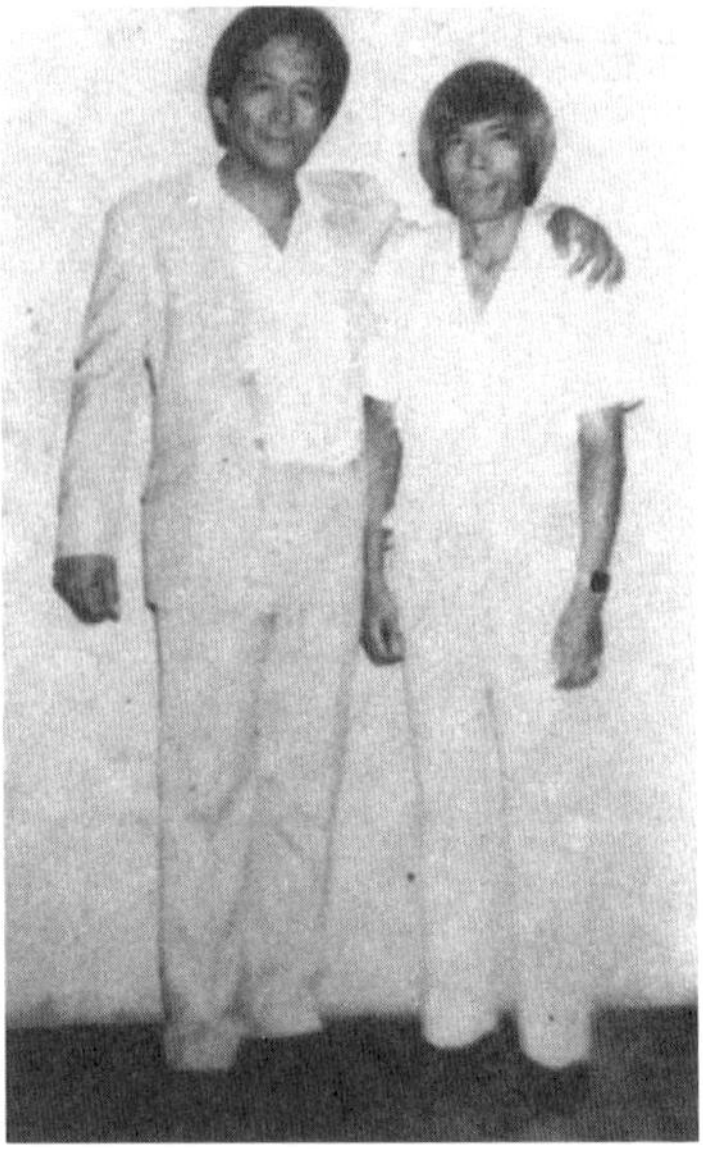

1944年秋に海軍陸戦隊が財宝を埋めたとされる、サンチャゴ要塞にある地下牢入口（このなかでも発掘が試みられた）【第三章二】

スペイン文化センター中庭のマンゴー樹。1993年にトレジャー・ハンター、リコ・デルガド氏がこの根本から、財宝を発掘した【第三章二】

ある探査現場（タルラック州にて）【第五章一】

探査中のブギアス・トンネル内で休息するロジャー・ロハス氏（左）とアルバート・ウマリ氏（『マルコス・ゴールドを追って』A・ウマリ著より）【第六章一】

ゴールデン・ブッダを前にして、微笑むロジャー氏の妻、ヴィッキーと息子のヘンリー（長男）
【第七章一】

ブギアス・トンネルからロジャー・ロハス氏とその仲間が掘り出した本物のゴールデン・ブッダ（同前著より）【第六章一】

発掘した本物のゴールデン・ブッダ。右はロジャー・ロハス氏（『マルコス・ゴールドを追って』より）【第九章二】

山下財宝《ヤマシタ・トレジャー》が暴く大戦史

——旧日本軍は最期に何をしたのか

笹倉　明
プラ・アキラ・アマロー

育鵬社

本書は『最後の真実――「山下財宝」その闇の奥へ』（ＫＳＳ出版一九九八年刊）を基に改訂したものです。

登場人物、組織、施設等の名称は、基本的に原書発行当時（一九九八年）のものです。

本文中では敬称は略しています。

ルソン島

地名は、昭和17年に陸地測量部が発行した地図『呂宋島全図』によるため、現在の表記・発音等と異なることがあります。

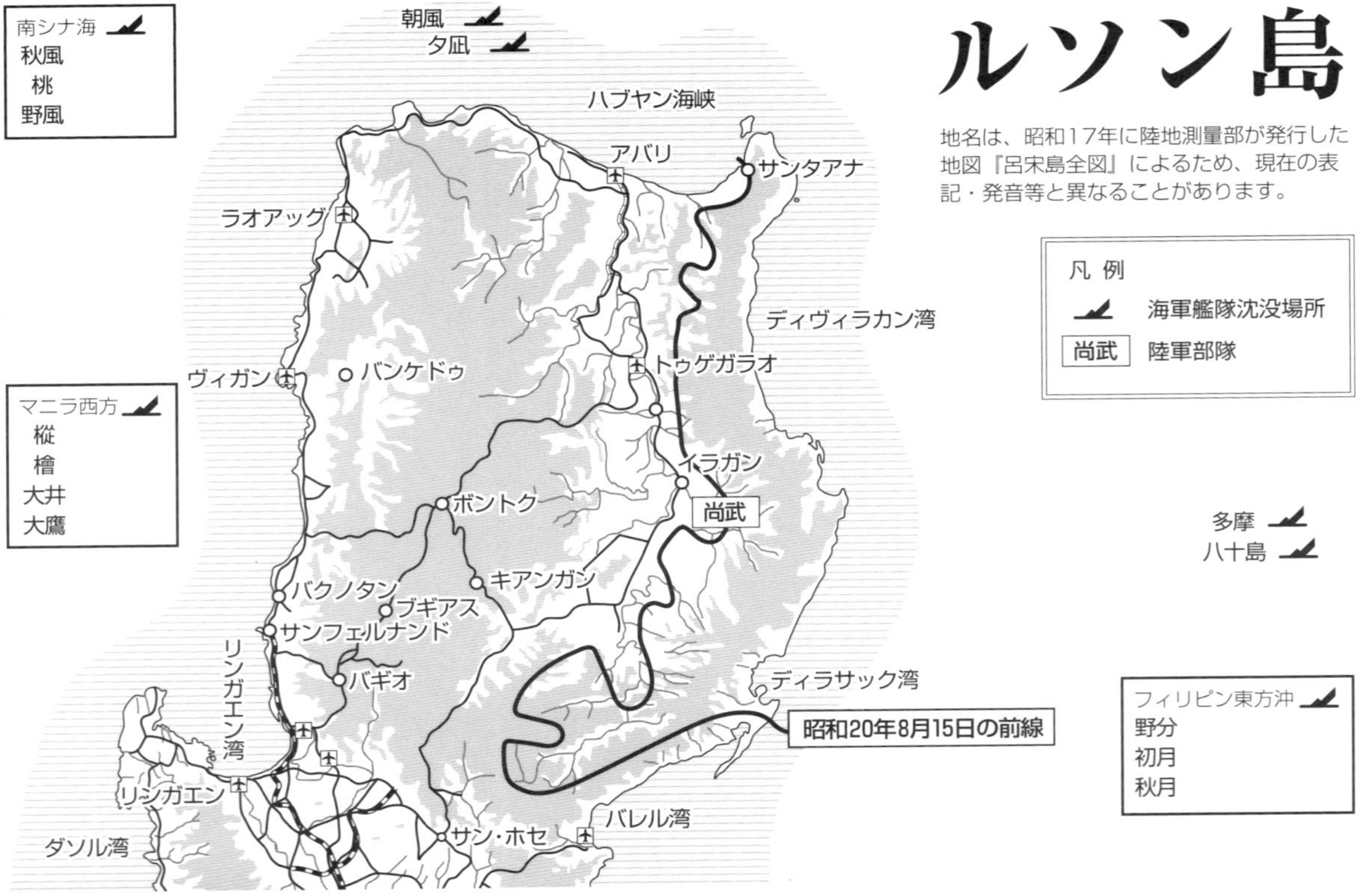

凡例
海軍艦隊沈没場所
尚武 陸軍部隊

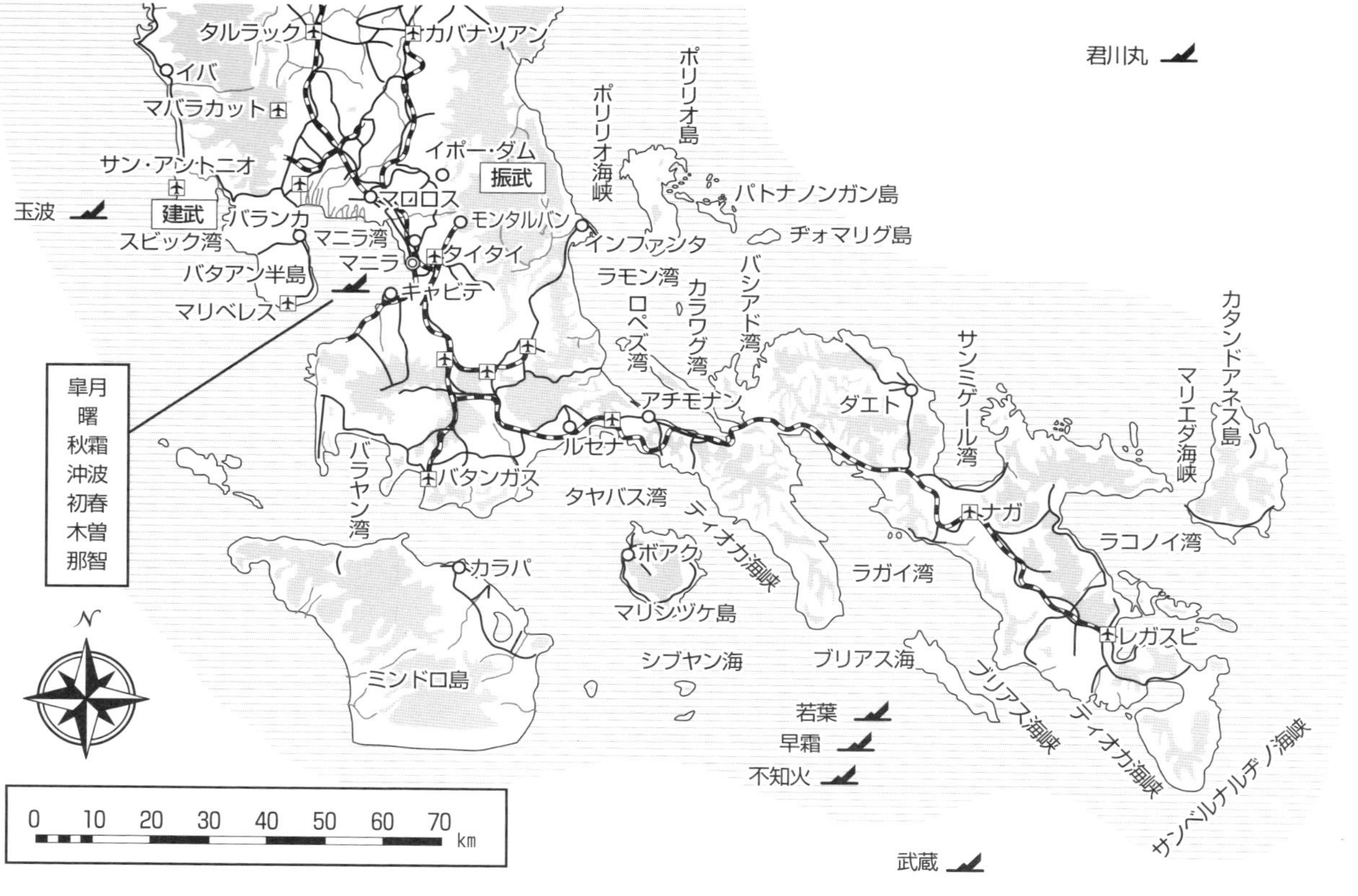
タルラック
カバナツアン
君川丸
イバ
マバラカット
ポリリオ島
ポリリオ海峡
イポー・ダム
サン・アントニオ
振武
パトナノンガン島
玉波
建武
マロロス
バランカ
モンタルバン
スビック湾
マニラ湾
インファンタ
ヂォマリグ島
マニラ
タイタイ
ラモン湾
バタアン半島
バシアド湾
カラワグ湾
ロペズ湾
キャビテ
マリベレス
カタンドアネス島
サンミゲール湾
マリエダ海峡
皐月
曙
秋霜
沖波
初春
木曽
那智
アチモナン
ダエト
ルセナ
バラヤン湾
バタンガス
タヤバス湾
ナガ
ラコノイ湾
ティオカ海峡
ボアク
カラパ
ラガイ湾
マリンヅケ島
レガスピ
シブヤン海
ブリアス海
ミンドロ島
ブリアス海峡
ティオカ海峡
若葉
早霜
不知火
サンベルナルヂノ海峡
0 10 20 30 40 50 60 70 km
武蔵

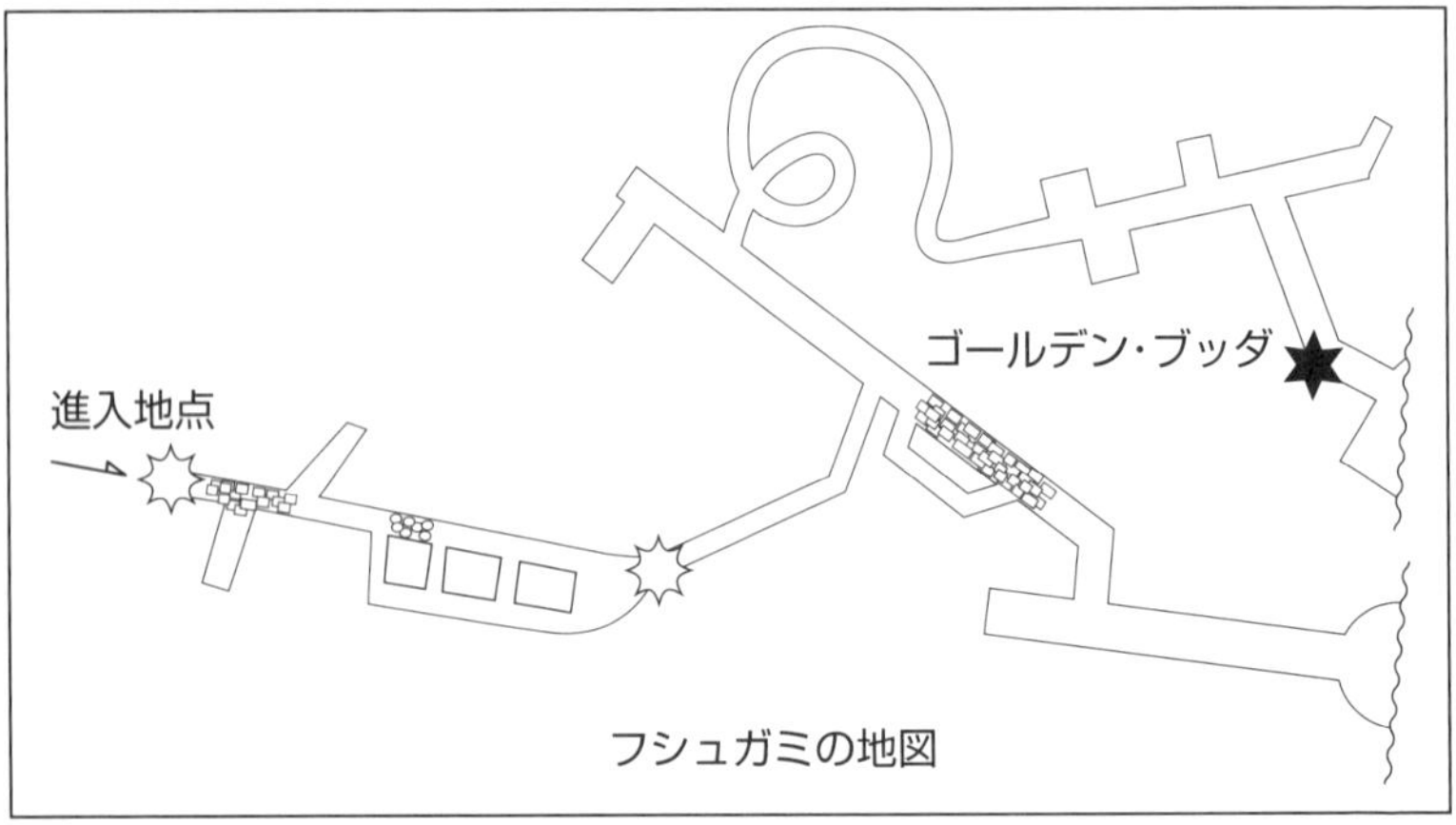

ゴールデン・ブッダ
進入地点
フシュガミの地図

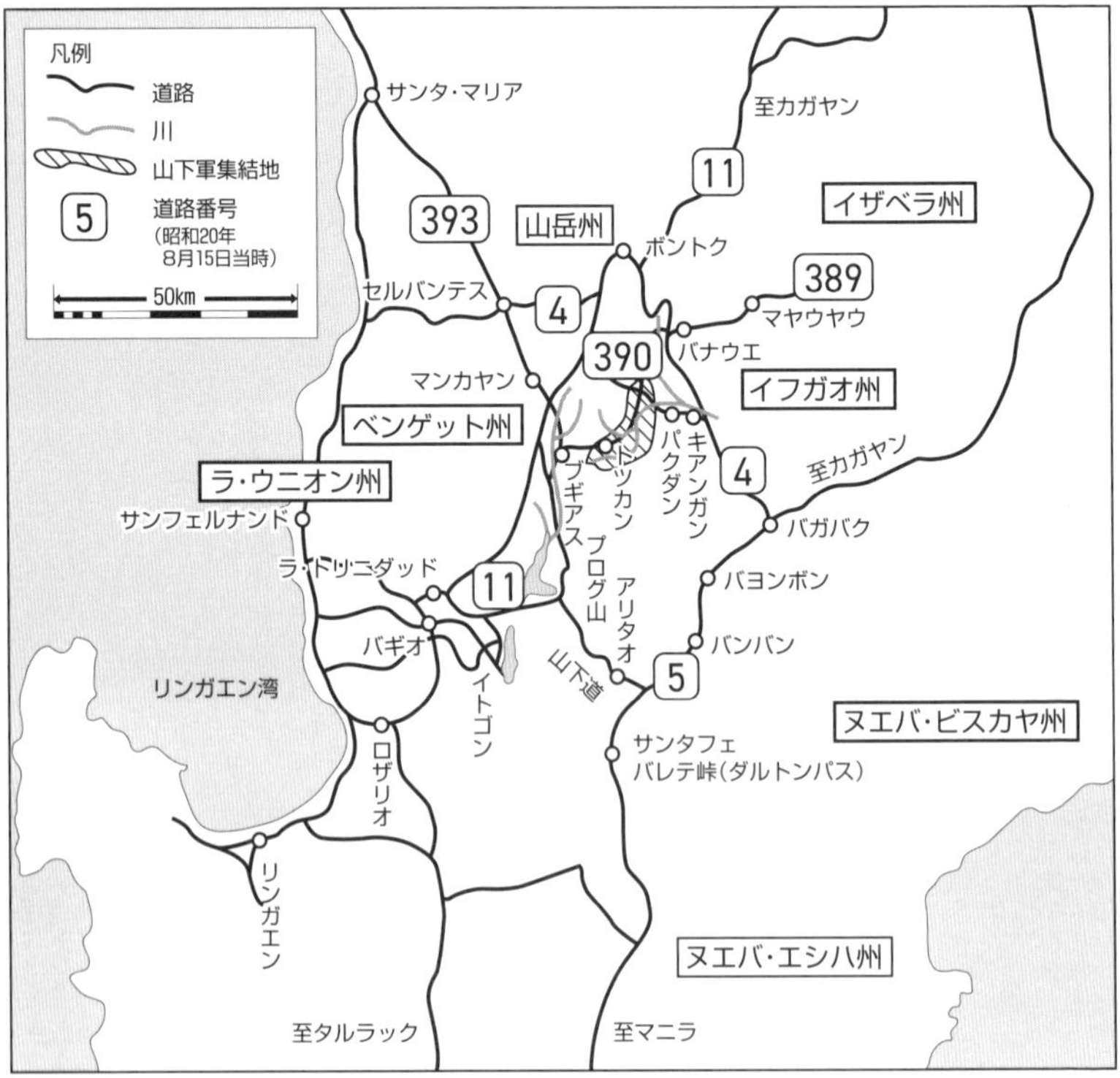

凡例
道路
川
山下軍集結地
5 道路番号
(昭和20年
8月15日当時)
50km
サンタ・マリア
至カガヤン
11
イザベラ州
393
山岳州
ボントク
389
セルバンテス
4
マヤウヤウ
390
バナウエ
マンカヤン
イフガオ州
ベンゲット州
キアンガン
パクダン
トッカン
ブギアス
ラ・ウニオン州
至カガヤン
サンフェルナンド
バガバク
プログ山
ラ・トリニダッド
11
バヨンボン
アリタオ
バンバン
バギオ
山下道
5
イトゴン
リンガエン湾
ヌエバ・ビスカヤ州
ロザリオ
サンタフェ
バレテ峠(ダルトンパス)
リンガエン
ヌエバ・エシハ州
至タルラック
至マニラ

序章

一　マルコスに呼ばれた男

一九八六年二月のフィリピンは、史上に残る一大政治ショーの舞台だった。世界のマスコミが東洋の一国に全力を挙げて取材攻勢をかけ、事態の刻一刻の推移を見守った。大統領選から火がついた国民の憤怒と政局の混迷の果て、ついに運命の二五日を迎える。マルコス王朝、ついに崩壊。大統領一族、マラカニアン宮殿を去り、国外脱出。歓呼の民衆、宮殿内へ突入、乱舞。

彼《か》の地に、エドゥサ・リボリューションとして語り伝えられる〝二月革命〟である。

マニラ首都圏の一大幹線道路、エドゥサ（ＥＤＳＡ）通りに群衆がロザリオをたずさえた修道女たちを先頭に結集し、装甲車の通行を停めるなどして国軍の中枢を麻痺させ、一気にマルコス大統領とその一族を国外へ、ハワイへと追い出すに至ったことが、いわゆる〝ピープル（ズ）パワー〟によるエドゥサ革命と呼ばれるゆえんだ。

それより数日前のある日、ひとりの男が大統領府マラカニアン宮殿に呼ばれている。朝からどんよりと曇った一日のことで、マニラ南港を見下ろす超一流どころ、マニラ・ホテルの一室がけたたましくノックされた時、男はまだ夢のなかにいた。

男の名は、ペール・アンダースマック。当時、三〇歳を超えたばかりの若いノルウェー人で、金取引の商談に来比していたヨーロッパ人ビジネスマン・グループのひとりであった。

前夜の酒がまだ抜けきれない頭を押さえながら、ペールはノックに応えてドアを開けた。と、眼前に三人の屈強な男たちが立っていた。

「ミスター、スマック。大統領があなたとお話ししたいと言っている」

ひとりがいきなり丁寧な、しかし有無を言わさぬ調子でそう言うと、ほかのふたりとともにズカズカと部屋へ入ってきた。

「大統領が私に?」「私のような者に、一体なんの用で」

疑問が次々と口をついて出たが、男たちはそれには答えず、ただ支度をするように促すばかりだ。断れば拉致されるかもしれないと、ペールは思う。この国で、ミスター・プレジデントと言えば、子供でも知っているかの強大な権力者、フェルディナンド・マルコスにほかならない。フィリピン共和国第六代大統領として、二〇年の長期にわたって君臨し、歴代でただひとり、この国に戒厳令《マーシャル・ロー》を敷いた男である。

その人物が話があるという。問答無用。ペールはあわただしく服装を整えると、男たちの案内に従った。車のなかで、彼らはひと言も喋らなかった。

ペールのほうから、「どんな話が……」と尋ねたのに対して、「我々の権限外である」と、ひとりが短く答えたにすぎない。

車は、そのまま真っすぐに朝まだきのマラカニアン宮殿へ滑り込んだ。

大統領執務室で面と向かい合い、ペールはただ一方的にその〝話〟なるものを聞いた。最高権力者の言いつけに、もちろん刃向かうわけにはいかない。ふたりきりの会見はほんの二〇分ほどで終わり、帰路もまた無言の男たちにマニラ・ホテルまで送り届けられた。まるで非現実的な夢を見ているようだったが、夢のような現実の事態はそれからが本番を迎えることになる。

二月二四日。言いつけに従って香港へ飛ぶべく、フィリピン航空機に乗りこんだ。マニラ―香港間は、飴をひと粒なめ終わるか終わらないかの距離である。

香港に着くと、彼は指定された場所に赴き、そこである〝物〟を受けとると、次はロンドンへ飛ぶために啓徳《カイタック》国際空港へと向かう。これも予定どおりの行動であり、日付は二五日に変わっていた。

香港のある場所で受けとった〝物〟は、大型のぶ厚いアタッシュ・ケースであった。しかも、非常に重い。もちろん機内に持ち込んで、頭上の収納に入れることをためらっていると、ふとその行動を見つめている男の視線に気づいた。それもふたりだ。マニラから同じフライトに乗り込み、香港でもしっかりとあとをつけていたにちがいない。任務の重要性からして、そんなことは十分に予想できたが、その姿かたち、素振りからすると、間違いなく軍人である。大統領を護る親衛隊の存在はよく知られているが、そのメンバーかもしれなかった。

一三時間あまりの空の旅を終え、南国の気候とはうって変わった厳寒のロンドン、ヒースロー空港に降り立ったのは、八時間の時を戻して二六日の朝七時過ぎであった。

空港の通路をペールは重い物を手にゆっくりと入国審査へと向かう。その途上、通路脇にあるテレビが緊迫した音声でニュースを伝えていた。何気なく目を向けた彼は、次の瞬間、胸騒ぎをおぼえて足をとめた。食い入るように画面を見つめたまま、彼は呆然とその場に立ちつくす。つい数日前、マラカニアン宮殿の執務室で面と向かい合ったあのマルコス大統領が昨夜、アメリカ合衆国、ハワイへ追放されたというのである。

ペールの頭は混乱した。一体なんということか。周りの人間は遠くアジアの片隅で起こった出来事を映画でも楽しむように眺めている。

彼は自問する。俺は一体何をしているのか。この仕事の報酬はどうなるのか。それを約束した大統領はもういない、雇い主がいなくなってしまったのだ。

その時、彼の胸のうちを邪心が駆けた。このままこのアタッシュを持って国へ、ノルウェーへ帰ったらどうなる。たったひとりの依頼主が権力の座からすべり落ちた以上、誰もとがめる者はいないはずだ。このアタッシュの中身は、およそ察しがついている。これを持って逃げれば、とてつもない億万長者になれるだろう。ペールはそう呟《つぶや》いて、強い誘惑にかられた。

だが、次の瞬間には、機内で気づいた男たちの目がやはり至近から光っていることに改めて身のすくむ思いがした。まさにこういう事態を最初から予想して、大統領は裏切り防止の監視をつけたにちがいない。

やはり、計画どおりにことを運ぶほかはない、とペールは断念する。心を決めると、さらに重く感じられるアタッシュを手に入国審査の列に並んだ。

ロンドンのある場所とは、バッキンガム宮殿にほど近いビルの一室だと、ペールはのちに親しい人間に語っている。約束どおり、そこへアタッシュを届けると、再び重い足取りでマニラへと引き返した。

案の定、マニラは政権交替劇の渦中にあった。コーリー、コーリーのシュプレヒコール、黄色いシャツに旗の波、どの顔にも巨大な権力者を追い出した喜びと新政権への期待がみなぎっていた。マラカニアン宮殿の主はコラソン・アキノにとって替わり、つい一週間ばかり前、大統領と約束した報酬を求めるべきところはどこにもない。そんな話すら誰にも口にできないような状況であった。

だが、ペールは改めてアタッシュ・ケースの中身に思いを馳せた。あれは紛れもない〝金の証書〟だった。それも、ケタ外れの膨大な量だ。そうした金の証書がちゃちな紙などで出来ていないことは、取引の専門家である彼にはわかっていた。それはレントゲン写真のように、透明なフィルムで出来ていて、それをコピー機にかけるとくっきりと文字が浮かび上がる。アタッシュの中身はそのようなフィルムの束であったがために、異様に重かったのだ。

大統領はおそらく、自身の身に迫った危機を察知して、香港からロンドンへとその財産である金の証書を運んでおこうと考えたにちがいない。ロンドンは言うまでもなく世界の金市場のメッカであり、宮殿同士のつき合いも深い。そこへ証書を運び込むに際して、ヨーロッパ人の金取引業者を使えば、別に怪しまれずにすむ。当時、同じマニラに滞在していた知り合いの同業者でマラカニアン大統領府に通じている人間がいるという話は聞いていたが、そうした関係からペールに白羽の矢が立てられたにちがいなかった。

大きな報酬を逃した彼は、その時ひとつの重大な決心を自分に強いた。それは常日ごろ、人々の口にのぼるヤマシタ・トレジャー（山下財宝）の存在を信じ、そのハンターとして全力を注ぐことにほかならなかった。あの膨大な証書は、伝え聞く大統領みずからの国家権力をかさにきた財宝探査による収穫の一部にちがいない。そう確信してやまなかった。

それ以降、ノルウェー最北端に広大な土地を持ち、トナカイの放牧、畜産を業とする一家に生まれ育ったペール・アンダースマックの人生は、大きく転換することになる。金の取引業者から、金塊そのものを掘り当てることを目指すトレジャー・ハンターへと、人生の方針を変えるのである。

彼が最初に掘り当てた財宝は、中部ルソン、タルラック州、タルラックの製氷工場跡からであった。その時の模様を彼はごく親しい人間に次のように語っている。

「あれは非常にラッキーなケースだった。我々がほんの膝くらいの深さまでも掘り進まないうちに、アドベ（粘土）で固められた数個の固まりを発見した。最初はただの石塊であろうと思ったが、試しにそのひとつを割ってみると、なんとなかから金塊がのぞいた。次々に残りの固まりを割り裂いて、それぞれから六・五キログラムの金塊を取り出した。全部で、七本あった。

たった半日の作業でその幸運を手にしたおかげで、私はこの道から抜けられなくなったのだ」

地元ノルウェーの雑誌にも写真入りで紹介されるほどのトレジャー・ハンター、ペール・アンダースマックはこうして誕生した。だが、彼はどれほど親しい人間にも、マルコス大統領から運搬を命じられたアタッシュ・ケースについて、香港のどこで受けとり、ロンドンのどこに運んだのか、その正確な場所は決して明らかにしていない。ずばりバッキンガム宮殿ではなかったのかと問い詰められても、首を振るばかりだった。そして、その後、一九八六年から九〇年代のはじめにかけての度重なるオペレーションで、一体どの試みが成功し、また失敗に終わったのかについても、大部分は秘めて語ることがなかった。キャンピング・カーを仕立てて行うその探査は徹底しており、ソルンの野から山へ、谷へと駆けめぐった。

いまは、フィリピン人の妻とともに北欧へ帰り、コペンハーゲンで暮らしている。

二 叛逆者の一冊

時代は前後するが、もうひとりの運命的な出会いをもった人物がいる。

アルバート・ウマリ、愛称をアルという。一九四二年、ミンドロ島東部《オリエンタル・ミンドロ》生まれのこの男ほど、ヤマシタ・トレジャーの真相を追及し、数奇な人生を歩んでいるフィリピン人も珍しいだろう。

ハイスクール（一五歳）の時、すでに日米戦史に興味を抱き、父親が兵士としてバターン半島で日本軍と闘った記録、『フィリピンの第二次世界大戦』などを著すほどだったが、マニラのアレリアノ大学へ進学したころからマルコス大統領の治世に叛逆し、政治学を（のちに法学を）学ぶかたわら反政府運動へと身を投じていく。大学卒業後は、フリーのジャーナリストとして活動をはじめるが、反政府運動はやめることなく、そのために地下へもぐることもしばしばだった。

そんな日々のなかで、彼はひとりのトレジャー・ハンターと出会う。ベンゲット州はバギオに住んで錠前屋を営みながら、稼業は人にまかせてヤマシタ・トレジャー掘りに全精力を傾ける男、ロジェリオ・ロハス（愛称、ロジャー）であった。

もとより第二次世界大戦史には興味を抱いていたウマリは、その内幕話としてヤマシタ・トレジャーが国民の大きな関心事であることを承知していた。一九六五年一二月、フェルディナンド・マルコスがディオスダド・マカパガル前大統領を破って政権を握って以来、つまり六〇年代後半以降、大統領みずからが大規模なオペレーションを行っているという噂が絶えず、そのこともウマリの決断に拍車をかけた。ロジャー・ロハスと組んで財宝探査に乗り出すことになるのだが、一方では抑圧された民衆の解放を目指す反政府活動も依然としてやめることがなかった。これは重要な点だ。彼がのちに戒厳令下で大変な辛酸をなめる要因となるからである。

ロジャーは、みずから設立したフィリピン財宝探査協会（ＴＨＡＰＩ）の初代会長に就き、ウマリはその補佐役として、アメリカ財宝探査協会（ＴＨＡ）との連携を深める役割をした。

彼らの試みの一部始終もまた、ウマリによって記録された。ジャーナリストとしての彼は、ロジャーの体験を細かく聞き出し、また新たなオペレーションにともに取り組みながら、ヤマシタ・トレジャーの真実に迫ろうとする。

それは、まさに命がけの作業であった。命がけの意味は、ひとつには掘削作業そのものにつきまとう危険との闘いであったが、いまひとつは絶対権力者マルコスとその軍隊との確執であった。作業現場にはそれら権力者の影がちらついて、抜け目のない監視の目に脅えることもしばしばであった。

いま、筆者の手元に一冊の英語で著された書物がある。メイン・タイトルは『マルコス・ゴールドを追って』、サブ・タイトルに、〝ヤマシタ・トレジャーの本当の話〟とある。著者は、もちろんアルバート・ウマリだ。ソフト・カバーの表紙右上にマルコス大統領の顔写真、積み上げられた金塊を背景にロープが巻かれた首のない黄金の仏像（ゴールデン・ブッダ）とその脇に取り外された頭部の写真を配し、総頁数二八一に及ぶ。

感想を言えば、おもしろい。それをどうするという目的も定まらないまま、夢中になって訳したくらいだ。が、難を言えば、おもしろすぎる。

長いこと迷った。ウマリとは個人的なつき合いから日本語の翻訳権ももらっている。我が同胞が信じようと信じまいと、このまま訳書で出版することもできなくはない。それがふつうなら本筋であるだろう。

だが、この話ばかりは常識的なやり方では通用しない。原著者のためにも、生のまま放りだし、信じようと信じまいと読者の勝手だと突き放すのはあまりに無責任なように思えたのだ。

一九九七年四月末、筆者は猛暑が続くフィリピンへ飛んだ。もう半年以上も前に約束した翻訳出版の方針を変更する旨を告げて了解を得るためだった。

行きつけの日本料理店で向かい合ったウマリは、その長髪をあざやかな金色に染めていた。サングラスをはずした彼に、一体どうしたのかと問うと、変装している、カモフラージュだときっぱりと言い切った。彼が命すら狙われて不思議でない理由については筆者も了解しているが、いよいよ現実に危機を感じているとすれば、なるほど五〇をとうに過ぎた肌の、やつれた色合いも納得がいこうというものだった。

「アル、そんな金髪にサングラスをかけて歩いたら、逆に目立ってしまうんじゃないのかい」

すると彼は、ゆっくりと首を振り、

「ここにはいろんな人種がいろんな恰好で暮らしている。これでいいんだ」

と、白い歯をさらして笑った。

料理がそろいかけたところで、率直に切り出した。

我が国では、ヤマシタ・トレジャーというものに対する認識の仕方が、こことはまったくちがっている。ここでは、国民の九五パーセントがその存在を信じて疑わないが、日本では逆である。問題は、そのギャップをどう考えるかだ。ちゃんとした統計をとったわけではないが、我が国民の半数はそんなものが存在するはずがないと一笑に付し、残りの半分のうち、半信半疑が二〇パーセント、信じないほうへ大きく振れているのが二〇パーセントで、わずか一〇パーセントのみが、ある、もしくはあってもおかしくはない、と肯定へと振れている。そんなところだろう。

だから、ウマリの著作をそのまま翻訳して出したところで、その内容をどこまで日本人に信じてもらえるかといえば、かなり悲観的にならざるを得ない。非常に意外で衝撃的であるぶん、疑いも大きくなる。正直言って、この自分にしてからが、本当かね、と問いたくなるような部分もある。ジャーナリストのあなたが故意に事実を歪曲《わいきょく》して記すようなことはないと信じているが、内容が内容だけに、こちらとしては全面的に鵜呑《うの》みにするわけにはいかない。

それに、ことはフィリピンと日本の関係である。第二次世界大戦史については、こなたかなたの立場のちがいから、実にさまざまな意見の食い違い、評価の落差、衝突がある。ヤマシタ・トレジャーについても、ひと筋縄で論じるわけにはいかない。

「そこで、どうだろう。あなたの著作をぼくの翻訳で紹介しながら、ぼく自身が疑問とするところ、本当だろうかと疑いたくなる部分について逐一あなたに確認をとり、ぼくはぼくでさまざまな取材、検証を行いながら進めていく方法を取りたいのだが」

そんなふうに説明すると、いちいちうなずきながら耳を傾けていたアルバートは、

「オーケー。君の思うように、やりたいようにやればいい。話はわかった」

と、極めていさぎよい返事をかえしてきた。もとよりおおらかな、寛大そのものの性格はこういう場面に有効に発揮される。幾多の修羅場をくぐり抜け、いまこうして生きていることさえも偶然のように思えるというウマリにとって、自作がどのように紹介されようと、なんのこだわりもないのだった。

「率直に言って」

と、ウマリは湯豆腐に舌鼓をうちながら言った。「当時はどうしても書けなかったことがある。書くとまずいことになる、自分たちの身の防衛のためにもカモフラージュしなければならなかったこともある。いまなら言えることだよ」

だろう、と筆者は意を得たりとばかりに言う。いささか変則的な著作の紹介をせざるを得ない、まさに理由でもある。

だが、それにしても、内容は十分にスリリングだ。ロジャー・ロハスと組んで行ったオペレーションの最大の収穫は、ゴールデン・ブッダ（黄金の仏像）を掘り出したことだが、やがてそれをマルコスが差し向けた軍隊に強奪され、果てしない裁判闘争へと立ち向かう。その過程でロジャーは無念の死を遂げる。ハワイのホノルル連邦地裁における裁判に出るため、ニノイ・アキノ国際空港へと向かう途上、車のなかで突然死したのだったが、心臓麻痺という検死結果をウマリはもちろん信じていない。当時五一歳の健康そのものだった男が、その前夜の飲食後から急な嘔吐に見舞われ、信じられないほど体調をくずしていたからだ。

著作の完成後、彼は出版元を探して方々へ打診をはじめる。が、内容が内容だけに、快く引き受けてくれるところは見つからなかった。かくなるうえは、みずからの手で出版するほかはない。フィリピン財宝探査協会の出版物として、彼は私財を投じることになる。最初、一九八七年に香港で五〇〇〇部を印刷し、販売のためフィリピンへ持ち込んだが、マルコス一派の妨害により税関ですべて没収されるという憂き目をみた。が、ウマリは決してあきらめなかった。ほどなくしてドバイで同じ数を印刷し、これはどうにかフィリピンへ持ち込むことに成功するが、今度は書店がそれを置くことを渋った。拒否するところが続出したものの、すべてではなかったことでついに日の目をみる。五〇〇〇部はたちまちにして売り切れたが、買い占めである可能性も十分に考えられた。

その「まえがき」で、アルバート・ウマリは次のように書く。

〈私は一九七四年、すでにこの本を書き終えて（出版して）いるはずだった。ところが、当時のフィリピンはマルコス大統領による抑圧的な戒厳令下にあり、私は落ちつかない逃亡の身であった。軍情報部につけ狙われて、常に逃げまわる生活を強いられていた。すなわち、急進的な学生運動のリーダー格であったこと、さらにはこの本の主題であって世の注目の的であるゴールデン・ブッダ事件の当事者であることから、冷酷な体制側のおたずね者であったのだ。

私はまた、ロジェリオ・ロハス（ロジャー）を長とするフィリピン財宝探査協会の秘書官であった。そのロジャーこそが北部ルソンの秘密のトンネルから掘り出すことに成功したヤマシタ・トレジャー、すなわちゴールデン・ブッダの正当な所持者であるが、不法にもマルコスの軍隊によって強奪されてしまった。それゆえに、波紋が波紋を呼んで、マルコス一家、すなわち夫人のイメルダ、母親のドーニャ・ホセファ・エドラリン・マルコスなどを一時フィリピン国を揺るがすほどの大きなスキャンダルに巻き込んでいくのである。それが大統領一族に屈辱と恥辱をもたらしたがために、軍情報部が私とロジャーを容赦なくつけ狙うのだ。そのような困った国では、この本を書く私の計画も先へ延ばさざるを得なかったのだが、当時の私は、目的を遂げるに足る平穏な日々が訪れるまで、長い長い歳月を要することになるとは思ってもいなかった。

その間、私はひそかに学生の運動に参加しつづけたが、目立つことは避け、リーダーとしての演説も控えていた。時々、我々は隊列を組んで大規模なデモをかけ、警察や軍隊と衝突して血を流すこともしばしばだった。死傷者を出し、何百というメンバーが逮捕された。悲劇は、彼らの幾人かが投獄され、残酷な拷問を受けたことだが、より戦闘的な活動家はいずこかへ連れ去られ、そのまま死刑を執行された。そのような当局のテロ的なやり口は、憤る民衆の、声高な非難と抵抗を招いたのである。〉

以下、マルコス政権が新社会をつくるという当初の約束に反して、貧しい民衆がより苦しむ社会へと変貌させてしまったことを、激しい調子で罵《ののし》る文言がつづく。手のつけられない汚職とインフレ、血に染まる迫害と略奪行為。マルコス・クロニーと呼ばれる取り巻き、政府高官から末端の政府関係者まで、そのあつかましい権力の濫用は経済の疲弊と破綻をもたらして、悪事はとどまるところを知らなかった、と。

そして、ついに待ちに待った日が、つまり著作が日の目をみる時がきたと、ウマリは記す。それは単にトレジャー・ハンティングの記録としてのみではなく、抑圧され、迫害されてきた多くの正直なフィリピン民衆の正義の叫びと権力悪への闘いを代弁するものだと述べ、さらには、フィリピンのみならず、世界中の同じ運命にあって苦闘する人々に捧げられるものだと、ウマリは書く。

最後に、資料提供や取材に協力してくれた人々の名前を記して感謝の意を表したあと、次のように記している。

〈一九九三年五月二五日、ロジャー・ロハスが死亡したことによって、これまで定かではなかった事柄がはっきりと見えてきた。この改訂版が可能となったのは、そのためである。〉

これから筆者が紹介していくアルバート・ウマリの著作は従って、さまざまな困難を経たあとの一九九三年、フィリピンで印刷された最新版ということになる。今度もまた扱ってくれる書店は少なかったが、いまではどこを探しても見つからない、とウマリは肩をすくめた。やはり、買い占められた可能性もあるからだ。

山下財宝、と我々は言う。彼の地では、ヤマシタ・トレジャーである。筆者の友人にも山下何某がいて、かつて訪れたフィリピンで金銭をねだられるなど妙なもて方をしたというが、実際、その名を知らないフィリピン人は極めてまれである。子供でも知っていると言ってよい、それほどまでの普及度は、もちろんあとに〝トレジャー〟がつくからにほかならない。

むしろ、日本のほうが、山下奉文の名を知らない人間は多いのではないか。奉文をトモユキとちゃんと読める人は戦後世代では少ないにちがいない。であれば、一時は〝マレーの虎〟と異名をとった名将の話も少しはしていく必要があるだろう。一九四四年一〇月、敗色濃厚のフィリピンへ第一四方面軍司令官として着任した山下奉文は、以来、終戦に至るまで、猛然と襲いかかる米軍と戦い、敗走し、ついにバギオ北方で投降する。その間、東南アジアの占領地から日本への中継地としてのフィリピンへ運ばれた金銀財宝の類が、マニラ放棄に際し、あるいは北部ルソンへの退却の途上でひそかに地下に埋められたという、それがいわゆるヤマシタ・トレジャーなのだが、最後の将であったという理由のみでもって、いかにもすべての責任があるかのごとくその名が冠せられるのはいささか気の毒な気がしないでもない。その量についてはさておき、そのような財宝類がアジア各地から収奪されたことは確かであるし、またその一部がフィリピンへ運ばれたことも事実だろう。戦後半世紀をゆうに過ぎて、フィリピンにおいても戦争は風化しつつあるが、ヤマシタ・トレジャーだけはいまも脈々と人々の口にのぼり、それへの関心が衰えることを知らないのもそれなりの理由があるからにちがいない。

ロジャー・ロハス亡きあと、アルバート・ウマリが会長を務めるフィリピン財宝探査協会には、一九九七年五月現在、約五〇〇〇名の会員が登録している。入会費一〇〇〇ペソを払えば、あとは会費なしの永久会員という手軽さだが、いまはマラカニアン大統領府公認の団体として写真つきの会員証を発行するまでになっている。そして現在、全国二十数ヶ所で、実際にオペレーションが行われており、会員でない者のそれを含めるとその数倍にのぼるだろうと、ウマリ会長は言うのである。

信じようと信じまいと、それは本当なのだと、ウマリはしばしば口にする。日本から元軍関係者がしばしば渡比し、不可思議な動きをしてきたことが何を意味するのか。現に、ロジャー・ロハスの元へ財宝の在《あ》りかを示す地図をたずさえて現れたのも、そうした日本帝国陸軍の元軍人《ベテラン》のひとりだった。

ウマリは、はっきりとこうも言う。この国では、金塊がある、見せてやる、売ってやると言ってくる場合の九九パーセントまでが虚言である。およそ膨大な量を口にする場合が多く、その手の詐欺については、筆者も追い追い語ることになるが、あきれるくらい巧妙に、まったくそれらしく人を欺いてみせる人々が存在する事実は、フィリピン人の得意芸として特筆されてよい。もちろん、一部の大がかりな詐欺は日本人の指導の下に行われているわけだが、そうした偽物と詐欺師の群れがヤマシタ・トレジャーなるものをいよいよ不明瞭にしている元凶であることは確かだ。マスコミを手玉にとる情報詐欺を含めて、そうした詐欺集団がうまい汁にありつけることができるほどに、ただの裏面史、伝説にしては真実味のあり過ぎる話だとも言えるだろうか。

だが、筆者は、信じようと信じまいとそれは本当なのだと、読者に告げるつもりはない。ただ、いまなお人々の運命を翻弄するまでに、虚々実々の財宝話が彼の地にあるという事実は、無視できない現実であるだろう。

大東亜戦争については幾多の先達が膨大な作品を残している。みずからの体験にもとづく正面きった戦史など、戦後生まれの筆者にはかなうはずもない。が、我々には、親の世代が体験した戦争の間接的な伝承者としての資格と義務がある。あの戦争は一体なんだったのか。それを掘り起こす試みに、いわば戦史の闇の部分を探ることで挑んでみたいと思うのである。

第一章

一　ある老盲人の証言

もとより、正史にはない話である。文字によって記録されたものが歴史の表舞台であるとすれば、人々の口から口へ言い伝えられていくものはいわば裏方の伝承史といってよい。それは証拠に乏しいという弱点をもちながら、事実であるならば、人の心を捕まえる魅力なり、不思議な説得力を感じさせるはずである。

フィリピンにおいて〝ヤマシタ・トレジャー〟がなぜひろく普及し、未だ多数のハンターを山野へ駆り立てているのかといえば、ひとつにはその伝承の部分が重要な役割を果たしてきたことが挙げられる。同時代を生きた人々の目撃談、体験談の類は実に多種多様であり、なかには一笑に付すべきものもある。だが、まさに事実を思わせる揺るぎない証言もあって、そのなまなましさに慄然とさせられる。

アルバート・ウマリがその著作『マルコス・ゴールドを追って――ヤマシタ・トレジャーの本当の話』（以下単に「（ウマリの）著作」と称すことあり）の第一章で語る、ある盲目の老人の証言はなかでも極めつけの真実味を感じさせる。我がほうにとっては、かなり耳目の痛む話だ。

〈盲人である六五歳のマノン・ラデン・ガラローサが、二〇年の長きにわたって守りつづけた沈黙を破ったのは、日本軍に対する怒りの痕跡がついに癒えることがなかったためである。

第二次世界大戦が終わる直前のことだ。日本軍の手中にあったクロンダイク地区（バギオ近郊の山岳地帯）のいずこか、人里はなれた洞穴に財宝を埋めたあと、日本人から被った恐怖について、マノン老人は明快に、詳しく語ってくれた。藁葺《わらぶ》き家の前にある粗末な松の木のベンチに腰かけて、強調すべきところでは手にした杖をこつこつと叩きながら滔々《とうとう》と話していく、その内容はむごいものだった。みずからがいかに死に直面したかを思い起こすと、老人は怒りに煮え立った。日本人に対してくすぶる憎しみは決して消えておらず、思い出せばあおられて炎を立てるようであった。

その盲目の老人の打ち明け話を聞いたのはふたりで、バギオをベースに行う財宝探査《トレジャー・ハンティング》のリーダーであったロジェリオ・ロハス（通称、ロジャー）と私である。我々は老人と友達になり、その信頼と友情を得た結果、貴重な話が聞けたのだ。

マノン・ラデン老人の話は、次のようなものだった。

〝当時、日本軍の捕虜になったのは、私を含めて一四名だった。すぐに我々は、銃剣で脅されながら険しい斜面に溝を掘らされ、地下壕をつくらされた。そこから特徴のあるふたつ《ツイン》の頂を持つ山がみえたことから、そこはクロンダイク地区のいずこかであることがわかっていた。そして忘れもしないが、一九四五年二月二七日のことだ。

その夜、樹木の下で眠っていると、ふたりの捕虜と私は、突然、日本人の将校に起こされた。

将校は、八人の兵士を連れていた。我々は、暗い森を通り、曲がりくねった道に沿い、岩の多い崖のたもとまで連れていかれた。およそ一時間半の道程で、我々はそこに秘密の洞穴をみた。

我々は、洞穴のなかへ案内され、ランプの明かりの下で、洞穴のどこか奥のほうの床に穴を掘るように命じられた。洞穴には、いくつかの弾薬の箱、銃器類、それにドラム缶があった。日本人は我々にそれらを埋めさせるのだろうと思っていたが、その予測ははずれていた。縦横一メートル以上、深さ六フィート（一フィート＝約三〇・四七九センチ）の穴を掘ると、日本人は停止を命じた。

そして、うす暗い隅から、将校がカーバイドのドラム缶のそばにあるふたつの黒い金属製の箱を指さした。それには、厚くタールが塗られていた。我々は、それらを穴に引き寄せるように命じられたが、三人の力では足りないくらいに重かった。そこで将校は、兵士のうちの三人に加勢するように言った。そして、ついに穴へ落とし入れると、我々は土砂を元どおりにシャベルでもどした。

その仕事が終わると、我々は洞穴を出るように言われた。それから、もときた道とはちがった暗闇のなかを歩かされ、小さな滝の下の離石《はなれいし》がたくさんある小川のところまできた。と、そこで突然、我々は兵隊たちに取り囲まれ、砂利の土手にひざまずかされた。

三人の兵隊がすばやく銃口から剣をはずした。そして、我々に舌を出せと命じた。次に、もうひとりがヤットコを手にして近づいてきた。明らかに、我々の舌を切るつもりなのだ。さらに彼らの不吉な仕草から、目を突き刺し、盲目にしようとしていることもわかった。

ふたりの仲間が突然、逃げようとして駆け出した。だが、すぐに銃が火をふき、彼らは穴だらけになって砂利の上に転がった。

私は、その瞬間、逃げることはとうてい無理であると悟った。運命に身をゆだね、私は懸命に日本人に哀れみを乞うた。事を短くすませるために、彼らは私の舌を切ることはせず、銃剣の先で目を突き刺した。そしてやっと、私を解放した。

三日間、私はどこへ行くとも知らず、親切な農民の夫婦に山のふもとでみつけられるまで、藪のなかを手探りでさまよい歩いた〟

話し終えると、マノン老人は悲しげに頭を振った。

〝私は目がみえないので、あの洞穴の正確な位置をみつけることはできない。私に教えられるのは、夜に連れていかれたせいもあって、あの場所のおよその様子にすぎない。ただ、あれはある種の財宝であったと私は思う。でなければ、どうして日本人がふたりの逃亡を銃でもって阻み、私を盲目にするような面倒をやらかすだろうか。あれがただの弾薬や武器の箱であったなら、そんな手間をかけるだろうか。彼らは、財宝を隠した洞穴の場所を秘密にしておかねばならなかった。

行きなさい。あの洞穴をみつけて、そして、あなたがたの仕事が首尾よくいった時は、私のことを思い出してほしい〟

マノン・ラデン老人は、以上のように話して聞かせたのであった。〉

マノン老人は数年前にすでに他界していると、アルバート・ウマリが筆者に話したのは一九九七年の初頭である。老人がこの打ち明け話を語ったのは六八年、当時五四歳であり、九四年にピコールのナガ市にて亡くなっている。享年八〇（その弟はまだ健在で、マニラ首都圏のサンタアナで暮らしている）。

ウマリらトレジャー・ハンターは、もちろん老人の話を信じた。そして、さっそくバギオに近い山岳州《マウンテンプロビンス》、クロンダイク地区での踏査を開始する。一九六八年三月三日、とウマリの著作にはその開始日が記されている。以下、抄訳してみよう。

〈財宝探査隊が歩みを停めることにしたのは、西方を向いてそそり立つ険しい崖下にある土手であった。

そこは、慎重に踏査した結果、かつて盲目の老人、マノン・ラデンが話していた古い洞穴を探して骨の折れる行軍をしてきた彼らにとって、最後の試みとなるべき場所だった。というのも、ここ四週間、三ヶ所の異なる地域を苦労して掘ってみて、すべてが無駄に終わっていたからだ。それぞれに崖《クリフ》はあったが、洞穴らしいものをみつけることはできなかった。いまや、へとへとに疲れた彼らは、今度こそ間違いない場所にたどり着いたと信じたかった。

彼らは、付近一帯に植物が荒々しく生い茂る場所をみつけ、そこからポロ（大型の鎌）で下ばえを刈りながら進み、崖の壁に向かって一五フィートの高さをもつ傾斜した丘のところまできた。丘は一面、背の高い草藪と松の木に覆われていた。そして、三〇歩ほど右手にゆくと、小さな滝があり、岩石を敷きつめた滝壺に水を落としていた。

グループのリーダーであるロジャーにとって、そのような丘が突然現れたことが不自然に感じられた。その場所には、侵食や地すべりの形跡がまるでないことに加えて、崖下の地形が丘の周囲を含めておよそ平らであったからだ。彼は、丘が人工のものであることを確信した。滝の岩場へ目を向けて、彼は笑みをこぼした。

そうだ、老人は滝と小川のことを言っていた。これこそ探していた目印であると確信した彼は、すぐにその場所を鉱物探知機で調べるように言った。すると、期待したとおり、機械はわずかであったがプラスに振れた。彼は、すみやかに部下に向かって掘るように命じ、その瞬間から、男たちの掛け声を除けば、つるはしのドサッ、ズシッという音だけがあたりの静寂を破った。

丘をつらぬく通路をひらくのに、三日がかかった。崖の岩面に到達すると、男たちは掘ることをやめ、出くわしたものへじっと視線を注いだ。次の瞬間、皆の大きな喜びの叫び声が上がった。ついに、洞穴の口をみつけたのである。その時から、彼らはその洞穴を〝盲人の洞穴〟と呼んだ。

そのグループは、一九人のスタッフで構成されていた。ロジャーのほかの主だったメンバーとして、ミゲル、カイドン、その親友で探知機の技師であるオリンピオ・マグバナウ、イゴロット族の案内役、サントと、ロジャーが幼時から面倒をみてきた青年、ルディ・ベニトがいた。残りの一四人は、掘り手として雇われた男たちで、七人ずつふた組に分かれ、交替制をとってことに当たっていた。ベニトは、第一組を担当、指揮し、ミゲルは第二組を受けもった。

次の週、彼らはつらい、単調な骨折り仕事に力を注いだ。というのも、洞窟の内部は重い大きな石にふさがれていて、床からアーチ型の天井まで、かたい粘土が詰まっていたからだ。石のなかには、よく育った牛の体ほどもあって、それらを小さく砕いて運びやすくするのも難仕事だった。頑固な石くれを、彼らは一枚ずつ転がし、引っ張って、どうにか洞穴の外へ運び出したのであった。

だが、困難な仕事にもかかわらず、彼らは愉快な気分で作業をつづけた。洞穴の内部へ少しずつ進むごとに、探知機の振れが大きくなっていったからだ。心浮き立つロジャーは、三人の男たちが重い石くれを外へ運び出すのを静かにみつめていた。うちひとりは、一、二、三という大きな掛け声をかけながら押したり、引いたりしていた。また、ほかのふたりは、お互いの形相が力むあまりに醜くゆがんでいるのをみて、大声で笑い合った。

ロジャーは、彼らを誇らしく思うと同時に、兄弟のような愛情を抱いた。何年もの間、彼らは、たびたびの財宝探査がうまく進まない時も、あるいは苦い失敗に無念を重ねながらも、最後まで頑張りとおしたのだった。満足な報酬や食事を与えられないこともあったが、彼らは文句を言わなかった。献身的なまでに彼に従い、天候を問わず、ルソンのもっとも山奥の人里はなれた場所でさえ、つるはしやショベルをふるいつづけた。彼らはまた、ヌエバ・エシハ（中部ルソンの一州）の広大な地域や大農場でもともに仕事をしたが、たくさんの人骨と腐食した日本兵の武器、弾薬の類しかみつけることができなかった。

次に、ラウニオン（中部ルソンの一州）の山岳地帯にきて掘りはじめたのだったが、そこでは突然、戦闘服に身を固めた軍隊がやってきて、その発掘の仕事を支配した。ほどなく、彼らはマラカニアン大統領府と関係の深い軍組織の隊長の命令に従っていることがわかった。ために、最初からロジャーと仲間は、その妨害が忌まわしい意図によるものではないかと疑ったのだが、実際、兵士らは彼らを厳しく監視して、まるで捕虜のように扱ったのである。命に関わる危険を感じて、彼らは身も凍る恐ろしさをおぼえた。目当ての財宝が掘り出された時こそ、命がないことがわかっていたからだ。その手の兵を送り込む独裁者が収穫の分け前を誰にも与えないことは確かなことであった。

努力が報われるようにと祈り、希望に燃えてはじめた仕事だったのに、あのような連中がやってきて、最後は試みが失敗に終わるように祈るハメになるとは、なんという皮肉だろうか。

彼は、大きく溜息をついて追憶を終えた。そして、仲間が洞穴を出たり入ったりするのを見守りつづけた。幾人かは未だ大きな石を引っ張り出すのに懸命であり、ふたりの男の手押し車

で岩石の破片を運び出していた。〉

二　ストーンヒル・スキャンダルの謎

ここで彼らの作業の合間を使って、フィリピンにおける財宝話の端緒とも言える一大スキャンダルの歴史的事実を記しておこう。先に、言い伝えによる伝承の部分が大きな役割を演じていると書いたが、噂の域を出ない話であっても、それには根拠というものがあり、無視するわけにはいかない、というより納得を強いられてしまうものもある。

時代は、一九六二年三月三日にさかのぼる。マカパガル大統領の治世になっていくらも経たないころ、大統領は目にあまる政財界の汚職、腐敗を嘆き、その浄化に力を注ぐと宣言していたが、時の法務大臣、ホセ・ディオクノは突如としてある巨大企業に対する捜索《ていれ》を命じた。この企業はハリー・ストーンヒルなる人物がオーナーであり、商工業の分野で実に四〇種類にものぼるビジネスを手がけていた。元米フィリピン解放軍の一兵士であったにもかかわらず、短期間で巨万の富を築いたアメリカ人、ハリーとその企業団に捜査当局のメスが入ったのだった。

フィリピン国家捜査局（ＮＢＩ）による調べが進むなか、巨額の現金やトラック三台ぶんの膨大な書類が押収されたが、なかでも最大の収穫は〝ブルー・ブック〟なる小さなオレンジ色のメモ帳であった。そこには、政府高官、上院および下院議員、新聞記者など、個人の名前と、それぞれの脇に金額があからさまに記されていたことから、巨大なビジネス帝国を築くための賄賂として贈られたものと判断された。

この事実により、大統領はストーンヒルと関わりをもったとされる三人の大臣を解任、さらに捜査を命じた法務大臣のディオクノもなぜか辞職させている。が、もっとも物議をかもしたのは、突然の大統領令により、ハリー・ストーンヒルとその同僚のロバート・ブックスの二名がすみやかに国外追放となったことである。国家の安全と秩序を保つうえの脅威であるというのが理由だったが、政府内ではその措置をめぐって大きな対立が起こることになる。いまストーンヒルを国外追放することは、ブルー・ブックに残された疑問に答えるべき人物を失い、永久に謎を残すことになるとの野党をはじめとする反対意見にプレスが同調し、国民の轟々《ごうごう》たる非難を呼んだ。大統領の治世に大きな汚点を残すことになると同時に、フィリピンのいわゆる上流階級のモラルの低下を暴いたとして、当時のプレス報道はもちろん歴史の教科書にも記録されるほどのスキャンダルに発展していくのである。

さて、そのハリー・ストーンヒルなるアメリカ人だが、戦後、ただの解放軍として来比したにすぎない者がなぜ短期間のうちに億万長者になり得たのか。これは、例えば米軍が残していった軍用ジープを横流しするなどして儲けたことになっているが、ジープニー（乗合いのジープ型車で庶民の足）に改造するためのジープの闇取引くらいでは説明のつくものではない。そこで、もっぱらの噂として立ちのぼってきたのが、モンタルバン等における財宝探査の〝結果〟ではないかというものだった。

　モンタルバンおよびワワ・ダム周辺は、まさにトレジャー・ハンターのメッカ、さしずめ銀座通りといったところだ。休日には家族連れがピクニックに訪れる風光明媚な山岳地帯だが、夜ともなると、山の各所から水の汲み上げポンプや明かり取りのためのジェネレーターの音がこだまして、まさにオペレーションまっさかりの感を受ける。マニラからほぼ東へ車で二時間弱、両側を山で囲まれたワワ川にそってデコボコ道を行ったところ。日本軍が東方山岳地帯に敷いた防御ラインの中心に位置し、近くに集団司令部が置かれていた（この日本軍防御ラインの南、アンティポロの奥に位置するテレサは、のちにマルコス大統領が大がかりな探査をかけたところとして有名である）。

　そこでは、早くも終戦直後、両側から迫り出した山の向かって左側を米軍が探査、発掘を行ったとされている。その形跡はいまも生々しく残っており、断崖絶壁の各所にぽっかりと口を開けた洞穴（ハンターが掘ったものや元来開いていたものなどさまざま）はいかにも秘密の財宝隠し場所であったかと思わせる。ハリー・ストーンヒルはその米軍による作業に関わっていたのではないかと、のちにもっぱらの噂を呼ぶことになるのだが、巨万の富の蓄積がそう短期間にできるわけがないとすれば、なんらかの疑惑はやむを得ないところだろう。また、そういう金が元手のビジネス展開であれば、政財界に賄賂をもってするほかはないことも納得がいく。その場合、もちろんストーンヒルの背後にはアメリカ人財宝探査グループの巨大なシンジケートが存在したにちがいない。大スキャンダルのさなか、国外追放となったストーンヒルは、どういうわけか、ミンダナオへ護送される途中、その船中より脱出を企て、海中へジャンプしたところを警備兵に撃ち殺された、ということになっている。一時のマッカーサーもそうだったが、ミンダナオは海外へ逃れるための裏玄関として有名であり、そこへ送られる途中に海へ飛び込むなど常識では考えにくいが、歴史はそうなっているのだ。海の藻くずと消えたことにすれば、スキャンダルを永遠の謎として葬り去るためのシナリオは完璧になる、とプレスはその出来事を疑い皮肉ったが、どうにもならなかった。

ともあれ、この一例が事実なら、財宝探査は終戦直後から米軍の手で行われていたことになる。勝利者としてフィリピンへ返り咲いたアメリカ人こそが、財宝の隠匿された事実をつかむにもっとも有利な立場にあったことは確かだ。当時、ニュー・ビリビッド収容所（在マニラ・モンテンルパ）に戦犯容疑で収容されていた日本兵からも米軍は財宝に関する情報を集めていたといわれている。

閑話休題。

一九六七年、ロジャー・ロハスらがマノン老人の話をもとに探査をはじめたころ、すでに時のマルコス大統領みずから大いなる関心を向けはじめていた。私的なトレジャー・ハンターにも監視の目を注いだことは、アルバート・ウマリの著作が示すところだ。つまり、マルコス政権が発足して二年あまりのこの時期は、大統領自身も未だ確たるものをつかんではおらず、〝財宝〟は海のものとも山のものとも知れなかった。

それが七〇年代に入って、がぜん情勢が動きだす。単なる噂や伝承によっていた探査が財宝の在りかを示す〝地図〟および〝元日本軍人〟なるものが顔をみせたことによって、あらゆる意味で熱をおびてくるのだ。このへんの経緯はのちに詳述することにして、盲人の洞穴へ話を戻そう。


〈ロジャーは、腕の時計をみた。三時半だ。彼は、その場所を離れ、近くの松の木立のほうへと歩いていった。そこに、彼らの野営テントがあった。

オリンピオが日陰の丸太に静かに腰かけて、コーヒーとクラッカーの軽食をとっていた。ロジャーがやってくるのをみて、彼はコーヒーカップを持った手で合図を送った。

「このごろ、ちゃんと食っていないんじゃないか。ロジャー」

オリンピオが心配そうに言った。「気をつけなよ、お前さん。体重が減ったみたいだ」

ロジャーは、かすかに笑って友達をみた。「心配するな、相棒《バレ》。これまで俺たちがどんなふうにやってきたか、わかっているだろう。たとえ人骨と腐った兵器しか出てこなくても、我々はよく耐えてきた。ここでも、大張り切りだ。心配するな」

オリンピオは、これまでの試みでロジャーが友人や親戚連中に多額の借金をしていることを知っていた。それはロジャーを絶えず悩ませたが、堅い約束をすることで彼らをなだめてきた。

必ずや財宝を掘り当て、すべての負債を解消すること。それが彼の債権者に対する約束だった。

「日誌によると、一ヶ月以上がかかっている。正確には、四四日目だ」

ロジャーが言った。

「わかっているよ。昨日、ベニトの記録をみた」

と、オリンピオはゆっくりと丸太から腰を上げていった。

「まったく、この洞穴をみつけるのに四週間もかかったとはね」

それから、溜息をついて続けた。「見当ちがいの場所をウロウロしなければ、いまごろはもっと深く掘れていたのにな。三度も間違って、そのロスは取り返しがつかない」

「まったくだ」

ロジャーがあいづちを打った。「残念だが、あと一〇日やってみて何も出てこなければ、この作業は中止しなければならない。どうしてだかわかるだろう」

その言葉には苦汁がにじんでいた。

「わかっているよ」

オリンピオが悲しげに答えた。「いつものピンチだろう。食料の蓄えが足りなくなってきている」

「しかも、それを補給するだけの金もない。手持ちの二、三〇〇ペソでは、来週いっぱいの仲間の給料を払うのが精一杯だ」

そう言ってロジャーは深い溜息をつき、首を振った。「一体、今回も失敗したらどうすりゃいいんだ」

「まあ、悲しい話はいい終わり方をするものだよ。ラウニョンでは、失敗を祈ってそのとおりになったじゃないか」

実際、オリンピオは友を慰めようとしていた。そして、こうつけ加えた。「今日の午後は、探知機がイエスと答えたじゃないか。あの洞穴には、何かがすぐ近くにあるということだ。そうだろう？」

すでに太陽は没していた。気温がしだいに下がってくると、霧が出て松林をただよった。午後四時半だった。

オリンピオは、もう何も言わないことに決めた。こんな時、人の感情というやつは、とくにロジャーの場合、そっとしておくほかはない。よけいな言葉は火に油をそそぐようなものだろう。

洞穴から男たちが当番《シフト》を終えて出てきた。彼らの顔や腕はひどく埃《ほこり》にまみれていた。疲れ切り、汗でずぶぬれの身体を滝の下の泉へのろのろと運び、夕食前の水浴びをした。

シフト・リーダーであるベニトがロジャーとオリンピオのいるほうへやってきた。

「我々は、今日、三メートル掘り進んで、洞穴の奥まで行き届いた」

ベニトは、そう言ってひとつ息をついた。「しかし、まだ何も出てこない。最後の大石も運び出して、あとは泥と土だけだ」

「よくやってくれた。しかし、そういうことなら作業を終えねばならんな」

と、ロジャーは言った。オリンピオが確信をもって言い返した。

「いや、あと二、三メートルだろう。探知機がそう読んでいる」

「確かかね」

「もちろん。探知機は嘘をつかない」

オリンピオが皮肉っぽく笑って言う。「あと三、四日で、奥で賑《にぎ》やかに鳴っているもの（財宝）にたどり着けるさ。マノン・ラデン爺さんは理由もなく日本人に盲目にされたんじゃない」

ちょうどその時、掘り手のひとりであるサイモン・ダマセンが小川のほうから彼らのいるところへ走り寄ってきた。その形相が恐ろしげな色をなしている。

「何があったんだ？」

ロジャーは、眉をしかめて問いかけた。

「あそこで人骨がみつかった」

サイモンが指さして言う。「石ころの間に転がっている」

「それは何人ぶんの骨だ？」

ロジャーがひらめきを得て叫ぶように問いかける。「たぶん、ふたりじゃないか」

「そう、ふたりだ。どうしてわかるんだい」

サイモンが驚いて問い返した。ロジャーは、ほほ笑んでサイモンの肩に手を置いた。

「それが最後の手がかりだよ。それを俺は待っていたんだ」

それから、オリンピオとベニトに向き直って言った。

「ふたりの人骨は、盲人の爺さんの話を裏づけるものだ。爺さんは、あそこで仲間ふたりが逃げ出して、日本人に撃ち殺されたと話したじゃないか」

「間違いない。俺たちは、正しい地点にいるんだ」

ベニトがにやりと笑って言った。そのとおりだと、オリンピオが愉快げにあいづちを打った。

「さあ、骨を見に行こう」

ロジャーに促されてサイモンが先頭に立ち、ほかのふたりが彼らのあとにつづいた。〉

彼の地では、財宝を掘るという行為について、日本人が意識するような気恥ずかしさや俗物性への自嘲の念はほとんどない。フィリピン人の多くがごく素直に、当然のごとく財宝へのあこがれ、夢を抱き、できることならその恩恵にあずかりたいと思っているのだ。

これは一体どういう国民性からくるのかと、筆者はつねづね考えてきた。明るくアバウトで楽天的なところのある人々にとって、財宝を掘り当てるというのはその感性にピッタリとくる慶事なのだと理解することはできる。が、それだけでは曖昧で、いまひとつ説得力に欠ける。

ここはやはり、長い植民地支配がもたらしたもの、つまり望まざる異民族支配を受けつづけてきた人々が必然的にその内面に植えつけられてしまった何かを援用して論じるほかはないと思う。

　一六世紀にはじまるスペイン統治は、一九世紀の終わりまでつづき、以降、アメリカに引き継がれる。独立の父、ホセ・リサールは、フィリピン人が怠惰であるのは植民地支配による勤労意欲の喪失が原因であると説いたが、実際、働けど実入りは少なく、さんざん搾取されるとなれば、やる気が失せるのは当然だろう。こつこつと働いて収穫したものが血となり肉となる、いわば自分たちの国造りをなし得なかった民族は、かなり他力本願的なところがあって、持てる者からいただく、金銭を置いていってもらうことがごく当たり前の願いとしてあるのだ。クリスマスの時期などは象徴的にそのことを物語っていて、小金持ちは気前よく振る舞うことを求められる。人からものをいただく、置いていってもらうというのがなんの抵抗もなく、日常化しているわけで、これは財宝に対する思いにも当てはまる。こっぴどく搾取するのも異国人なら、ありがたい物を置いていくのも異国人だった。そういった歴史の流れのなかで、フィリピン人は生きてきたのである。

　ならば、ヤマシタ・トレジャーなどはこのうえない置き土産であり、戦争の代償といえる。さんざん国土を荒らし、大勢の犠牲者を出した日米戦こそはまさに他国の勝手な仕業であり、それがもたらした財宝にせめてもの夢をみるのはごく自然な心理といって差し支えないだろう。

　さて、ロジャーらのクロンダイクでの探査はどういう成り行きになるのか、次章に紹介しよう。

第二章

一　あれをみろよ、ロジャー

さまざまな財宝話のなかで、ひとつ特徴的なのは、実際にそれを掘り当てたという話がまれにしか聞けないことである。

すでに掘り出した財宝がある、売ってやる、みせてやるという話はいくらでも転がっていて、その九九パーセントまでが虚言であることは序章で述べたとおりだ。多くの場合、ただの真鍮《しんちゅう》かそれに類するものにすぎず、もっと滑稽なのはバーを模した木片に金色のペンキを塗りつけて洞窟の奥に積み上げ、どうだ、スゴイだろうとみせつける。二、三点の本物らしき（おそらく真鍮）サンプルが用意してあって、それはちょっともたせてくれるけれど、あとのものには決して手を触れさせることがない。

その手の初歩的な詐欺にひっかかるのはおよそやわな日本人であり、鵜呑《うの》みにして大金をせしめられた例は筆者も知っているし、比較的小口の被害は枚挙に暇《いとま》がない。

トレジャー・ハンターのJ氏は財宝探しをやる一方でそういう詐欺の常習者として有名だったが、先ごろ大バクチを打って大金を手にしたものの、直後に亡くなってしまった。そのぶん被害は減るかといえば、とてもそうはいえない。老若男女、大小のサギという名の鳥が彼の国の空には群れていて、おいしそうな獲物をさがしているのだ。

なぜ、実際に掘り出したという話が聞けないのか。ひとつには、成功例そのものが少ないためだろうが、もうひとつの理由は、掘り当てた時はとくに仲間うちで秘密を保つのがふつうだからだ。正直に公表すれば、収穫の七五パーセントが政府のものになる。それもいったん全部の財宝を中央銀行に献納し、しかるのちに二五パーセントぶんの分け前《シェア》を与えられる。それでは、即座に現金を手にして分配しなければならないハンターには極めて都合がわるい。こっそりとチャイナタウンなどへ持ち込んで、バイヤーの手に渡すほうがよほど手っ取り早い、賢い方法ということになる。従って、掘り出しても、出したとは言わない。そこがまたミステリーであり、ヤマシタ・トレジャーの真相を曖昧にしている原因のひとつでもある。

ただ、やはり噂はひろがる。その者が急に金まわりがよくなったり、家を建てたりすると、周囲は、掘り当てたのではないかと疑う。あるいは、仲間われを起こしたり、収穫を独り占めして逃亡したりすると、おのずと秘密がもれる。その種の話は少なからず耳にするから、ある程度の成功例はあるものと類推されるのである。

事実、筆者の友人で私立の名門デ・ラサール大学で学んだ自他ともに認めるフィリピン通かつみずからもトレジャー・ハンティングを実践するO君はその道一〇年のベテランであるが、何度か本物の金塊をみたことがあるという。はじめてみたのは、氏がまだ山下財宝などにはなんの関心もなかった時期、ある弁護士宅で、二本の金塊（ともに六・五キログラム）をみせられたという。手にとると異様に重く、産地（東南アジアのいずこかだったが記憶にない）を示す刻印と番号が付されて〝陰（凹）〟に押されており、一見して本物にまちがいないとの印象をもった。氏はその後の経験から、スマトラやビルマ等の産地を示す刻印が、〝陽（凸）〟に浮き彫りされたものはおおむね偽物であることを発見するのだが、最大のものは七五キロあり、とてもひとりで持ち上がるものではなかった。

ただ、O君自身は実際に金塊を掘り当てたことはない。マニラでの氏の暮らし向きは、実家からの仕送りが潤沢であることから上々であるが、ひょっとしたら少しは……、という疑いがないわけではない。氏がどこの何者で、どのような事情から比国へやって来たのかを明かせば、話が横道にそれてしまうので、いまは措くことにする。

そういうわけで、財宝を掘り当てたという話はまず聞けないのだが、アルバート・ウマリの著作はその顚末を明かした記録として唯一のものであるにちがいない。著作の続きをみてみよう。

〈小川の近くでふたつの遺骸が発見されたことや、鉱物探知機がプラスに振れていることに力を得て、男たちは新たな熱意をもって掘りつづけた。

三日間かかって、彼らは、洞穴の石の部位の端から端まで九メートルのシャフトを沈めた。次の夜、細い水流が突然、ひび割れた壁から噴き出して、それがしばらくの間、掘り手を悩ませることになる。しかし、ミゲルとその夜勤仲間は、その特別な部位のシャフトを強い木材の支柱で補強する一方、ふたりがかりで洞穴からの水をみちびく浅い水路を急ぎつくることによって、早々と問題を解決した。

四日目の午前一〇時ごろ、日中勤務の掘り手たちは、何か固い金属質のものに行き当たった。ベニトが興奮して呼び声を上げると、ロジャーとオリンピオが即座に洞穴のなかへ入った。そこでは、三人の男たちが懸命に丸い穴から最後の土塊をかき出すところだった。

息をつめて、ロジャーとほかの面々は待った。ほんの二、三分もあれば、ことは明らかになる。……それは、腐食した日本軍の機関銃だった。

男たちは、失望の叫びを上げた。ロジャーは、その腐った物をじっとみつめて肩を落とした。溜息をつき、そしてオリンピオに向き直った。

「また同じことか」

そのひと言が彼の苦々しい思いのすべてを表していた。

ツルハシでさらに調べてみたが、銃と弾薬が入った箱がいくつかみつかったにすぎず、それらも腐食してほとんど原型をとどめていなかった。

その夜、昼間のシフトで働く男たちがテントで眠りについたあとも、ロジャーはひとり簡易ベッドのなかで目を開けたまま横たわっていた。やっかいな問題が心につきまとって、眠れなかったのだ。長い時間、組んだ掌を枕にして仰向けになり、灯油の明かりがチロチロと揺れる天井を見すえたまま、ジッと動かずにいた。

ロジャーは、考える。もう四日間、無駄な骨折りをすれば、退散だ。食料は切り詰めれば、あと五日はもつ。が、一日よけいにやったところでどうなるというのか。有り金は男たちにあと四日分の給料を払えば底をつく。

彼は、ベッドから身を起こすと、煙草に火を点けてからテントの外へ出た。

外は、冷えていた。夜空に満月が渡っていく、その豊かで美しい光は、あたり一帯の原始的な景観に摩訶不思議な呪文を投げかけているようだった。が、ロジャーにはすばらしい景色をめでている余裕がなかった。

彼は、時計をみた。〇時一五分過ぎだった。たっぷりかけて一服すると、キッチンのある方角へ歩いた。コーヒーが飲みたかった。それも寒気を追い払うためにうんと熱いのを、だ。彼は、残り火の上の大鍋にそれがあるのを知っていた。

ロジャーの故郷はパンパンガ州（中部ルソンの一州）、マバラカットという小さな村である。一九四二年、一一月生まれ。貧しいニッパ椰子で葺《ふ》いた掘っ立て小屋で育った。父親は大工だったが、一〇人もの子供たち（ロジャーは四番目）の衣食を十分にまかなうだけの仕事がなかった。母親は辛抱強い主婦で、夫のちっぽけな稼ぎの埋め合わせをするために、隣近所の農家の農産物を行商して歩いた。

子供ごころに、ロジャーは極度な貧しさに苦しむ家族をみるにしのびなかった。そこで、彼は三人の兄につづいて村の小学校へ入学すると、家族を助けて働くことにした。

学校をさぼって、ゴミ拾いの仕事をはじめたのである。町のゴミ捨て場をあさり歩き、空ビンや缶の類、ボール紙やら鉄屑などを集めた。そして、一日の最後に彼は、それらを最寄りの町の中国人のゴミ商人（ジャンク・ディーラー）に売りさばいた。悪臭の立つ場所をうろついて、手に入ったのはほんのわずかな額の金であったが、彼はいつもそれを忠実に母親に手渡した。


やがて、彼は、クラーク米空軍基地のゴミ捨て場がいい稼ぎになることを知った。そこは立ち入り禁止区域で、ガードマンは不法侵入者をみつけしだい発砲するように命じられていた。

予期したとおり、仲間の少年とふたり、みつかって犬に追跡されたり、ガードマンに発砲されたことも一夜ならず、ただ、幸運にも彼はその度に安全な場所へ逃げることができた。が、それらの出来事はロジャーの心を変えていった。いつまでも運がいいとはかぎらない。ゴミ拾いの仕事をやめて、もっとマシな仕事をみつけたいと願っていた。

そんな折、米軍基地のゴミ捨て場で偶然ひろった二冊の本がのちのち、彼の運命を変えることになる。一冊は、錠前師の手引書で、もう一冊は財宝探査に関する概説書だった。ページは汚れシミだらけだったが、どうにか読むことができた。二冊とも彼の関心を引き、休みの日はそれを読みふける。そして、両方の事柄に関しての基礎的な知識を得たのだ。

問題はどちらを先にやるかであった。財宝探しは大きな投資を必要とする一方、錠前師ならわずかな資金と小道具があれば十分だ。そこで、彼はとりあえず錠前師になることに決め、財宝探しは将来にとっておくことにした。

彼は、わずかな蓄えを手にしてバギオ市へ行き、そこに小さな店をオープンした。そのベンチャーは平凡な収入を彼にもたらしたものの、安定した快適な生活をするには十分ではなかった。それだけに、錠前屋をやりながら一方で、財宝探しの夢は消えなかった。

まず、彼は事業を広げ、古銭や宝石の売買をはじめる。そこで得た利益はかなりのものだった。彼は、儲けの一部を蓄えることに専念する、というのも、しかるのちに長年の夢を実現させようと心に決めていたからである。

十分な蓄えができるまでに、彼はある友人を通してオリンピオ・マグバヌアに出会う。オリンピオは、鉱物探知機を扱う技術者かつ穴掘りの専門家として知られていた。その得意芸によって、彼はいくつかの財宝探査グループがこの国のほうぼうで行ってきた、ほとんどあらゆる探査に雇われてきた。探査の多くは失敗に終わったものの、彼らはオリンピオが不可欠の役割を演じたことを認めている。

ロジャーは、自分の財宝探査計画をオリンピオに打ち明けた。そして、その時から、ふたりは友達になった。一九六五年も終わりに近く、ロジャーが妻、ヴィッキーと結婚して二ヶ月後のことであった。

だが、最初のパンパンガ州での探査から最近のラウニオンにおけるものまで、彼の試みはすべて惨めな失敗に終わっていた。彼は、多額のお金を失ったが、そのほとんどは近しい友人や親戚から借りたものだった。

そしていま、クロンダイクでの仕事だ。これがまたも失敗に終われば、金を貸してくれた連中に合わせる顔がない。

ロジャーは、コーヒーを飲み干して腰を上げた。火のそばで身体を暖めるんだったと我に返って思い、焚き火へと近づいていった時、背後から声がかかった。

「ロジャー」

差し迫った調子で呼びかけられた。ぐるりと振り向き、物陰から近づいてくる人物を待ち受けた。

ミゲルは、ロジャーの前に少し離れて立ち止まった。

「どうしたんだ」

と、ロジャーは聞いた。

「すぐにきてほしいんだ」

ミゲルは、興奮を抑えた声音で言った。

「ついにみつかったよ、ロジャー。勝利の瞬間だ」

ロジャーは、友の言葉を最後まで聞かず、猛然と洞穴へ走った。ミゲルがすぐあとにつづいた。

六人の掘り手が興奮した面持ちで彼らを迎えた。

「あれをみろよ、ロジャー」

と、ミゲルがかるく肩を叩いて言った。少し離れたところ、シャフトのそばに、錆びた金属の容器がふたつある。

「あれが君を待っていた財宝だろう」

ロジャーは、無言で友をみた。ミゲルがうなずいてみせると、彼は真っすぐに容器に歩み寄った。それには開けられた跡があった。なかには、小さなバーがきちんと列を整えて積まれていた。彼は、マッチ箱ほどの大きさのそれを点検した。

「その必要はないよ、ロジャー」

と、ミゲルがさえぎった。「一個だけ、俺がボロ（大ナタ）で調べた。金に間違いはないさ。誓ってもいい」

ロジャーは、喜びのあまり、ミゲルと掘り手の男たちを次々に抱き締めた。彼らはお返しにまたロジャーを抱いて、まさに跳びはねんばかりだった。

発見物は、ほかに錆びたドラム缶がひとつで、これはさほど価値のない古い硬貨のつまったタール塗りの小箱がいくつか入っていた。いずれも期待したほど大量ではなかったが、当面の問題を解決するには十分だとロジャーは踏んだ。とくに、抱え込んだ大きな借財を返済する必要があった。それらを返し、義務を果たしたあとになお、かなりの額が手元に残るだろうと見積もっていた。

骨折りが報われた男たちは、ロジャーの家で祝杯を上げた。好きなだけ飲み食いし、次の日、分け前を手に幸福な思いでそれぞれの家路についたのだった。

ロジャーは、それからマノン・ラデン老人を思い出した。その日の午後には、老人の住むキアンガンへ、すばらしい贈り物を届けるために出かけていった。〉

二　一九九五年二月――プラチナ騒動の怪

そもそも財宝を掘り当てるということは、そのあとで実にさまざまな問題を引き起こすものだ。

我が国においても、例えば宝クジに当たった人間に向けられる周囲の目はまさに要注意であって、せっかくの幸運が災いに転じることもあり得る。ただの幸運からにわかに財をなすというのは、あまりよいことではないのかもしれない、と筆者は思う。山下財宝を題材にモノを書くことになった時、もうそれだけで俗物扱いされそうな雰囲気がただよったくらいであるから、もしも財宝を掘り当てた日には、いかほどのやっかみ、誹《そし》りの風が吹きすさぶかはおよそ察しがつく。

だが、取材をつづける筆者のなかにも、確かに俗物性がひそんでいることに気づかざるを得ない。一獲千金を本気で夢みるわけではないが、日々、一枚ずつ原稿を文字で埋め、それを切り売りしてやっと生計を立てている現実から一度でいいから逃れてみたいと思う。見果てぬ夢を実現するには、ひと山当てるほかはない、といったラチもない思いがよぎることもある。人によって夢はさまざまで、その日がくれば地中海に島を買い、地上の楽園をつくりたいというハンターもいる。人間というのはどうもそういう部分を本来的に備えた存在であるらしく、その俗物性を非難する資格は天の神と我自身にしかない。むしろ、そのようなある種あわれな属性にこそ人間の生身の姿がうかがえるような気がして、筆者などは自己の内面も含めて興味がつきないのである。

さて、ロジャー・ロハスらがはじめて発掘に成功したクロンダイク財宝だが、幸いにしてさほど大量ではなかったために、ほどよい山分けですんだようだ。アルバート・ウマリの著作には、実名で登場するハンター仲間への配慮から、その正確な量は記していないが、小さなマッチ箱ほどの金塊であれば分配も容易であり、なんら問題は起こらなかったという。

ところが、発見物が大量で、容易に分配もできなければバイヤーを探すのもやっかいな場合は、ひと騒動起きる可能性が大である。ロジャーとアルも、やがて黄金の仏像（ゴールデン・ブッダ）を掘り当てた時、そういう問題に直面してしまうわけだが、近過去においても有名な騒動があるのでその顚末を記しておこう。

一九九五年二月六日、昼過ぎのことだ。当時、共同通信マニラ支局長であった石山永一郎氏は、知人のフィリピン通O君（前述）に緊急の電話を入れている。その内容は次のようなものだった。

〝NBI（フィリピン国家捜査局）がカガヤン（北部ルソンの一州）で二トンあまりのプラチナを押収したという情報が入った。プレス・ブリーフがあるので、これからNBIに向かうところだが、プラチナとはどういうものであり、どのようにほかの金属と見分ければいいのか、教えてほしい〟

そんな電話を受けたO君は、半ば一笑に付しながら次のように答える。

〝そもそも北部ルソン、カガヤン渓谷（バレー）からプラチナ・バーだと言って持ってくるもののほとんどは、ただの鉛の塊である。ただ表面にAu（金の原子記号）とかPt（プラチナの原子記号）とかの刻印が浮き彫りにされているので、期待を持つにすぎない。実のところ、それらは弾薬製造のために日本軍や米軍によって持ち込まれたものであり、あちこちにあまったものが残されているようだ〟

そんな説明を受けた石山支局長は、NBIに向かう車のなかから再びO君に電話を入れる。よかったらこれからNBIへきませんか、と。当時、O君がNBIの近くに住んでいるのを知っていたからであり、一緒に押収物をみてもらうに越したことはないと考えたからだった。

エルミタ地区はタフト・アベニュー沿いにある本部建物の入口で、O君は先に着いていた石山支局長と首尾よく落ち合う。敷地内の駐車場には、一台の大型コンテナ・トラック（〝福山運輸〟と車体に大書されたもの）が停まっており、コンテナの後部が開けられて、いくつかのプレスがTVクルーも含めて群れていた。石山支局長はO君をうながしてその内部へ立ち入ると、これだとばかりにその物体をみせた。プラチナまがいのバーだとばかり思っていたO君は、予想がはずれて驚きの声を上げる。この塊は一体なんなんだ、と。

巻尺を用意してこなかったので、O君は指尺と腕尺で大きさをはかる。奇妙な物体は、直径八〇センチ、高さ四〇センチほどの底の部分がやや楕円形をした半球の塊で、表面に黄褐色の錆のようなものが薄く粉をふいたようになっていた。まったくの純プラチナでないかぎり、つまり不純物が少しでも混じっていれば当然ながら錆びるし、また長いこと海底にあればなんらかの付着物が表面を覆うことも十分に考えられる。従って、錆のようなものが浮いているだけでは、物体の中身を判断することはできない。O君はその物に手を触れて、錆をさすったり、スイス・ナイフで傷をつくって調べてみると、錆は簡単に粉となって落ち、すると、その部分だけがピカピカに銀白色に光ることがわかった。また、底から三〇センチほどのところに、三ないし四センチ角ほどのPではじまるアルファベットが五文字ほど球体を取り囲むように浮き彫りにされており、この時点で、O君は、予想していた鉛ではないことだけは確かだと判断する。

内部が暑かったこともあって、O君と石山支局長はそんな目測、手測を終えるとトラックを降りた。と、O君は突然、何社かの海外メディアに取り囲まれて、物体は本物のプラチナかどうか、質問を浴びせられる。スタッフらはO君を金属の専門家か何かだと思ったらしく、どう思いますか、やっぱりプラチナですかと熱心な問いを投げかけたのだった。まさかメディアに取り囲まれるとは思っていなかったO君は、ただ、その時点での感想、つまり、プラチナである可能性も否定できない、と告げる。ふつうプラチナ塊というふれこみでカガヤン方面から持ち込まれるものはほとんどが鉛であるが、今回の物はそれとはちがうようだ、と。

その証言に勢いを得たように、各国のTVクルーはそれぞれの居場所を決めると、いっせいに報道を開始した。ニュースは全世界を駆けめぐり、プラチナの市場価格が一気に一オンス、五ドルも暴落する。そして、最後には当時のNBI長官、エピマコ・ヴェラスコの首が吹っ飛ぶという事態にまで発展する、いかにもフィリピンらしい、プラチナ狂想曲の幕開けであった。

改めて、ことの発端から説明しよう。

そもそもは、大統領の国家安全担当官、ホセ・アルモンテ将軍率いる国家安全会議に、カガヤン地方で大量のプラチナが発見され、売却を急いでいるという報がもたらされた。そこでホセ・アルモンテはNBIに対して密かに調査を命じ、ヴェラスコ長官は捜査チームを結成してカガヤンへ送り込むことになる。

よくある情報漏《も》れというやつだ。海底にその物体をみつけたのは、ブレッド&ルフィーノ高木という有名な日比混血のトレジャー・ハンター兄弟の兄のほう、ブレッド高木である。きっかけは、サンタアナ沖に合計四つ、二トン、五トン、七トン、一〇トンのプラチナ塊が鎖でつなげて沈められているとの旧日本帝国海軍の元軍人の情報であったという。そのうち、引き揚げが可能な最小のものに的をしぼった高木は、パシフィック・シークエストというアメリカ人のトレジャー・ハンター・グループに引き揚げの援助を依頼する。このグループは、中古の海洋調査船を使って主に海中の財宝をターゲットにしていることで知られるが、その所有になる調査船は、海中から物を引き揚げて船上に乗せると自動的にその重量が測定《ゲージ》されるようにつくられていた。サンタアナ沖で回収された高木の物体は、その引き揚げの時点で、二トン以上の重量であることが確認されている。

彼らはそれを沿岸から内陸の町、ラロへ運び込み、そこで管理、バイヤーの確保をもくろんだ。が、やがて当局に事実が漏れ伝わるのだが、その原因については二説ある。バイヤーを探している過程で情報が漏れたという説と、内輪もめの果てに何者かが当局にたれこんだという説である。真相は定かではないが、パシフィック・シークエストの本国にいるメンバーと現場メンバーおよびその間に立ったフィリピン人の間で誤解が生じていたことは確かなようだ。

かくして、NBIの網にかかるわけだが、その際、NBI捜査官はバイヤーを装って接近し、事実をつかんだとされている。いわゆるオトリ捜査だが、この国では金取引の捜査などに使われる常套手段であり、バイヤーを探す時はセラーを、セラーを探す時はバイヤーを装うのである。

ところが、いざ押収するに際して、NBIは非常な苦労を強いられる。まず、チェーン・プロッカーと呼ばれる滑車と三脚つきの吊り上げ機のうち、一トン用のものを補強して使用したが、吊り上げたと同時に三脚ごと崩壊してしまった。そこで、改めて三トン用のものを持ち込み、それを補強したうえ、三〇人がかりでやっと〝福山運輸〟のトラックに収めたそうだ。

そうした経緯があって、先に記したごとく二月六日のプレス大公開と相成り、世界のプラチナ市場に大ショックを与えるわけだが、それからが実はミステリーを呼ぶことになる。物体は日を置かずして、科学技術省に持ち込まれ、そこでの調査の結果が八日、これまたメディアを前に大々的に発表される。

結果は、鉄（バカル）の塊であった、と。三日前には、旧日本軍のヤマシタ・トレジャーか、海底からプラチナ二トン、約四億八〇〇〇万ドル（四八〇億円）の価値、などと発表されたのが、一転、たった六万円あまりの純鉄と訂正されたのだ。

何をやってるんだと、日本を含めた各国のメディアが罵倒するのを当時フィリピンに滞在していた筆者も耳にしている。ただの鉄の塊で大騒ぎしおって。国内メディアもまた軽率な空騒ぎ屋がフィリピンを世界の笑いものにしてくれたと非難の声を上げ、ヴェラスコ長官は極めていさぎよく引責辞職をする。なんで俺が辞めねばならないのかと不満を口にしながらも、未練はカケラもみせず、申し訳なかったと謝罪して、そして世界もそれで納得したのであった。

だが、O君はその時から非常に不可解な事実に行き当たる。二月六日、その物体をみたあと、共同の石山永一郎支局長をともなって帰宅してから、手尺ではかった直径八〇センチ、高さ四〇センチの半球体の体積（底にはえぐられたような空洞部分があったので差し引く）を出し、重さの二トン強から割り出した比重は、プラチナの比重（二一・四）にほぼ一致するか、わずかに足りない程度であった。まさかとは思っていたが、比重がそうである以上、やはりプラチナの可能性があると０君は判断し、石山支局長もそれに同意する。半信半疑でとくに報じるつもりもなかった石山支局長は、それであわてて支局へ戻り、マニラ発の共同電もまた流れることになるのであった。

ところが、一日置いて八日、こんどは科学技術省が手のひらを返す。ただの鉄だったと、テレビ・カメラを前に発表するわけだが、その際、示された物体の寸法は、０君がはかったものより直径が二〇センチも大きなものであり、重さも一トン強にすぎないものだった。これは一体どういうことなのだと、０君は石山支局長と連絡をとって不審を告げると、石山支局長もその時、そういえば実際に我々がみたものより大きいですね、と答えている。

これはおかしいと、０君はうなる。プラチナと鉄の比重（七・八）は三倍の開きがある。まさに月とスッポンのちがいがある。従って、鉄であったというためには、重さを軽くして、体積を大きくするほかはない。ピタリと鉄の比重になるようにして、寸法が発表されているのをみて、０君はにわかに疑惑を抱いた。大公開をして世界のプラチナ市場を暴落させてしまったことや、あれやこれやの駆け引き、思惑から、あわてて鉄だったとしたのではないのか、と。

とうてい納得がいかない０君は、アルバート・ウマリと連絡をとり、地元のタブロイド紙に率直な疑問を述べ、フィリピン財宝探査協会（ＴＨＡＰＩ）にも分析させてほしいと訴える一方、ふたりしてツゲガラオへ飛びカガヤン平野を真北へ車で二時間あまり、ラロの町へと急行する。そこで聞きとった話が先に記したブレッド高木（O君の知人でもある）とパシフィック・シークエストの共同オペレーションであったという事実だったが、物体が二トン強あったというのはラロの共同脱穀場（穀倉地帯で村々が共同で巨大な脱穀場を持っている）にある大型計量機によっても確かめられていたという。従って、重さはごまかすわけにはいかない周知の事実であった。にもかかわらず、科学技術省の発表は、重量を軽くして、体積を大きくしてある。O君は実際にラロの町で証言をとることで、当局発表は極めて不自然であるとの確信を得るのだった。

そもそも、フィリピンにおける貴金属の分析能力は極めておぼつかない。たった一日で、あのような物体が科学技術省といえども分析できるわけがないと、O君とウマリは口をそろえる。メタルから採った小さなカケラを分析したくらいでは、全体や奥まではわからない。まっぷたつに割って均質かどうかとか、成分はどうかといった分析をしないことには本当のところがわかるはずがないではないか、と。だが、それはまったく通らなかった。彼らばかりではなく、当時、ドイツの金属会社が相当にしつこく、ただの鉄だったと発表されてからも、（フィリピンは分析能力がないので）ドイツへ持ち帰って我が社で分析させてほしいと働きかけた事実がある。

いずれにしても、ただの鉄の塊などではあり得ない。なんらかの価値ある金属である可能性が高いと、はじめに指尺で寸法をはかっていたばかりに、O君は孤独な結論に至るのであった。

ヴェラスコ長官は、その後、カピテ州の州知事選挙に打って出て、それまで不動の地位を誇ったリムリア知事をまったく寄せつけず、地滑り的な大勝利を収めることになる。圧倒的勝利の秘密は何だったのか、自己PRのための映画のヒット、スト権をめぐる労働組合との関係など、さまざま挙げられてはいるが、O君はそのような理由だけでは説得力に欠けるとみている。

あの不可解な物体はその後、どこへ行ってしまったのか。誰が、どこでどのように保管しているのか、一切のことがわからない。これもまたいかにもフィリピンらしい結末なのだが、巨大な物体の行方はようとして知れないのである。

第三章

ドン・キホーテの辛苦

まるでドン・キホーテだと、ある者は言う。フィリピンがスペインの植民地であったことを鑑みれば、セルバンテスの名作になぞらえるのは的を射た表現かもしれないと、筆者はうなずいたものだ。

ターゲットを定めて突進する。が、それはとんでもない勘違いであったり、蜃気楼《しんきろう》のように実体のないものであったりして、傍からみていると、なかなかに笑える話もある。前に、六〇年代のヤマシタ・トレジャーはまだ伝承の範囲を越えないと記したが、実際、ハンターたちは手探りで、なけなしの知恵をしぼっていた。ロジャー・ロハスらのクロンダイク財宝発掘成功は、その意味でラッキーな証言と実践の勝利といえただろう。

なかには、まことしやかにその場所を指す人間が、実は、夢でみただけであるとか、日本兵の幽霊が出たので間違いないとか、非科学的な話を告白する者もいて、真に受けた人間はホゾをかむことになる。

そんな馬鹿な話が通用するのかと、ふつうは思われるだろう。いくらフィリピン通を自認する者でも、それを感覚的にわかることはむずかしい。〝奇跡（ミラクル）〟とか、〝心霊（スピリット）〟といったものをわりあい素直に信じる国民であることは、幾多の実例が証明している。例えば、アゴーという街で太陽の光のなかにマリア像が出現したと告げた少年の言葉に一〇万人もの人出があったし、秋田のマリア像が涙を流したという話に人々はいたく感動して日本への観光ツアーが組まれたこともあったし、はたまた、魚の子供を産んだという女性の証言にマスコミが大騒ぎをして真偽のほどを追いかけたこともあった。とにかく、この世には〝なんでもあり得る〟を前提とした賑やかな話が彼の地には転がっているのだ。日本兵の亡霊が出現して、財宝の在《あ》りかを告げていった、などという話も、従って、一笑に付すのは筆者のような日本人だけである。

一度は財宝発掘に成功したロジャー・ロハスほかのハンター仲間ではあったが、その後は、またも失敗の連続であった。〝悲しい失敗の顔（第三章）〟と題して、アルバート・ウマリの著作には次のようにある。

〈クロンダイクでの仕事がもたらした幸運に助けられて、ロジャーは次なる新しい発掘プロジェクトへと乗り出すことに決めた。

しばらく彼は、カガヤン東部、イザベラ、それにヌエバ・ビスカヤ（いずれもルソン島北部の州）などにあるといわれる財宝の隠し場所について調べた。一九四五年、大勢の日本軍がそれらシエラマドレ山脈の山間部へ退却し、米軍に対して最後の反撃を試みる前に、たくさんの洞穴やトンネルを掘ったことはよく知られている。日本軍が軍需物資とともに、宝石や金、もしくは珍しいコインの類をそこに集積していたというのも、クロンダイクの洞穴の例からすると、十分に考えられることだった。

そのうえ、財宝探しの仲間の間では、ある話が静かに広がっていた。それは、第二次世界大戦時、日本軍の戦利品は、バギオ近郊の山中その他、北部ルソンの山岳地帯にある秘密のトンネルや洞穴など二〇〇ヶ所あまりに隠したというものであった。原地住民のなかには、思いがけない幸運によって金の延べ棒や宝石類を手に入れた者がいる。

従って、驚くに足りないことだが、巨大な戦利品ゆえに、大統領のフェルディナンド・マルコスさえ巻き込んだことが知られている。報道によれば、彼は非常な興味を抱いており、選り抜きの軍情報部の活動員に適切なデータを集めさせ、正確な場所を探り当てるように命じた。いったんひとつの場所が指摘されれば、兵隊が軍の高級将校の命令の下にそこへ乗りこみ、発掘作業を行った。もちろん、これらトップ・シークレットに属する活動のすべては、不法に政府資金が流用されていた。

ロジャーは、経験から、軍隊の侵入によってもたらされる危険を知っていた。かつてラウニオンで、彼とその仲間が軍隊の手の内で被った恐怖の試練を思い起こせば十分であった。少なくとも、それはいい訓練になった。つまり、財宝探査には秘密の保持が重要であり、そのための措置を講じる必要があることを彼に認識させたのだ。クロンダイクにおける今回の出来事では、そうした経験が生かされて、予防措置が功を奏したことを証明してみせた。金やコインが売りさばかれてだいぶ経つが、いまのところ、彼のグループは全員、ほぼ完璧な秘密をつらぬいていた。

数週間、研究と資金集めに時を費やして、ロジャーはついにルソン島北部地域をやってみることに決めた。オリンピオやそのほかの仲間とともに、彼はまずイザベラへと向かう。だが、数ヶ月ののち、腐食した日本軍の軍需品以外は何も出ず、そのプロジェクトは無念にも撤退した。

次に向かったのはヌエバ・ビスカヤで、そこでは二、三の小さな金属製の樽に入った古銭がみつかって、辛うじて慰めを得た。平凡な発見物ではあったが、ロジャーは細心にも秘書役の私に、それらをいくらかアメリカ財宝探査協会（THA）へ、その会長であるジェン・バリンガーを通して贈るように言った。彼らが博物館のコレクションに加えるためである。その際、人目を避けるため、とくに税関の検査を逃れるために、いくつかの木製の小像（馬など動物の彫刻）のなかにコインを詰めるという古風なやり方を用いた。つまり、木像を縦方向にふたつに割ってなかを空洞にし、コインを詰めると、ふたたび元どおりにしておくのだ。これら民族的な手工芸品は、ぶ厚いボール箱に詰められ、贈り物として受取人のもとへ航空便で届けられた。

この方法はうまくゆき、バリンガーほかアメリカ財宝探査協会の面々を非常に喜ばせた。実際、彼らは誇らしげにそのコイン提供のニュースを流し、フィリピン財宝探査協会（THAP

I）のロジャーが長年、ＴＨＡと親密にしてきた事実を知らしめた。そして、今後も両者が提携し、情報交換をしていくことで意見が一致した。

ところで、ヌエバ・ビスカヤではそれ以上の収穫はなく、彼らは次にカガヤンへ向かった。そこで六ヶ月あまり何ヶ所か掘ってみたものの、これも無駄に終わった。

ここに至って、ロジャーはふたたび弱ってきた。というのも、事業資金がほとんど底をつき、財宝を掘り当てる望みもみえてこなかったからだ。

カガヤンの丘陵地帯における試みは、深い井戸のなかでの厳しい作業となった。そこは、第二次世界大戦の末期、日本軍が降伏するほんの二、三日前に、金の延べ棒の箱がいくつか埋められたと噂される場所だった。ロジャーたちは、その話に信憑性をみた。というのも、その井戸は大量の土や岩でもって覆いつくされており、隠匿に大変な労力を費やしたにちがいないからだ。彼らは掘りはじめたが、井戸の入口まで達するや水があふれ出て、ポンプでもって吸い上げねばならなかった。ところが、二時間ほどでポンプが故障し、仕方なく手作業で、つまり、ロープとバケツで水をかい出すというやっかいな作業を余儀なくされたのだった。

実際、長い骨の折れる仕事だった。井戸の底には水の噴き出ている部分があって、くみ出すきわから満ちてくる湧き水に打ち勝つために、彼らは懸命に作業をつづけた。井戸の半分まで掘り進むと、彼らは何体かの人骨が巨大な岩石の上にあるのをみた。その岩は井戸の半ばから底まで占めていると思われるくらい大きく、結局のところ、たいしたものではないことが判明したのである。

打ちのめされて、ロジャーは作業の停止を命じると、皆の者に荷物をまとめるように命じた。彼らの萎れた風体をみるのはつらいことだった。長く、誠実に働いてくれたにもかかわらず、何も得るところがなかったのだ。ロジャーは、家路についた。むなしい気分とカラッポの財布を道づれに。〉

二　巨大なマンゴーの樹の下で

トレジャー・ハンターは、実に歴史と格闘していると言える。それに賭ける面々はよく本を読んでいるし、フィリピンにおける日米戦の史実と言われる部分は知りつくしていると言ってよい。が、それでもやはり、史実のさらなる内実やその周辺には手をやいて、岩や壁を切りくずすのに試行錯誤の日々を過ごさねばならなかった。

史実の謎はいたるところに埋もれている。例えば、旧日本帝国陸軍と海軍の指揮系統について、どうにも不可解な部分が残されており、それがトレジャー話に輪をかけていることを見過ごすわけにはいかない。

山下奉文《やましたともゆき》大将が黒田重徳《くろだしげのり》中将に替わって一四方面軍の総司令官として着任したのは、すでに敗色の濃い一九四四年一〇月六日だった（一方、寺内寿一《てらうちひさいち》元帥率いる南方総軍は同年一一月にマニラからサイゴンへ移る）。以来、フォート・マッキンリー（旧ボニファシオ米軍基地）の総司令部にて指揮をとっていたが、レイテ沖海戦の敗北を経た約二ヶ月後にはマニラを放棄しなければならない事態へと追い込まれた。

その際、マニラを無防備都市《オープン・シティ》にしてルソン島北部へと退却する。同年一〇月のレイテ戦で日本海軍が壊滅的な敗北を喫したあと、米軍のルソン島上陸（翌一九四五年一月九日マッカーサーが多数の艦隊とともにリンガエン湾に上陸）も時間の問題となって、もはや首都を守りきることはできないと判断し、無謀な市街戦を回避しようとしたのだった。代わりに三大拠点（ルソン南部およびマニラ東方山岳地帯――バタンガス、アンティポロ、モンタルバン、イポー等の振武集団。ルソン島中西部――マバラカットなどの特攻隊基地を含むクラーク飛行場群とその西方山地――建武集団。バギオを中心にしたルソン島北部の山下直属の尚武集団）を築き、米軍を少しでも長く比島にひきつけて本土進攻を遅らせるための自活・持久戦を立案、実行に移していた。

だが、その山下の作戦を無視して、まったく別の行動をとる岩淵《いわぶち》三次《さんじ》少将率いる海軍陸戦隊がいた。フィリピン方面の海軍は南西艦隊司令官の大河内《おおこうち》傳七《でんしち》（中将）指揮の下にあったが、その命令によって、山下が無防備都市にして引き揚げたマニラをふたたび占領してしまう。いったいなんのために、岩淵少将は総勢一万六〇〇〇人にのぼる海軍陸戦隊を率い、勝ち目のない戦いを挑まねばならなかったのか。

大河内傳七の岩淵への命令は、日本軍の主要施設や倉庫をことごとく破壊すること、というものであったが、これが財宝の隠匿と関わっていたのではないかと目されている。もはや首都決戦は凄惨な流血あるのみと山下が判断し、退却をしたあとで、何ゆえに海軍だけが勝手な行動をとったのか。結果は、日本軍の玉砕のみならず、七〇万市民のうち一〇万に及ぶフィリピン人が犠牲になるまでの戦闘がくり広げられ、岩淵も瓦礫の山と化したイントラムロス（海軍陸戦隊が立てこもったスペイン時代の城壁都市）のいずこかに埋もれたことになっている。

スターリング・シーグレーブ（『宗王朝』などのベストセラーがあるアメリカ人作家）は、『マルコス王朝』（HARPER&ROW出版刊　邦訳は『マルコス王朝』〔早良哲夫ほか訳　サイマル出版会刊〕）のなかで、そのあたりの事情についてかなり刺激的な話を記している。要するに、岩淵は軍施設や倉庫を破壊する目的にまさるとも劣らない任務、つまり、米軍の進攻が間近に迫るなか、コレヒドール島を含めたマニラ首都圏の各所、サンチャゴ要塞、ボニファシオ（旧マッキンリー）基地、イントラムロス、主要な教会や公共の建物、港湾地区等に穴を掘り、財宝を埋める作業に兵士を駆り立て、奔走したというのだ。巡洋艦『那智』を乗組員もろとも故意に沈めたのも岩淵率いる二隻の潜水艦のうちの一隻だと、米軍の爆撃によって沈んだとする日本側の戦史とはまるで正反対の話を記す。そして、岩淵自身は兵の玉砕をよそに、秘密のトンネルから脱出して生きのびた可能性まで示唆している。

不可思議なことは、それだけにとどまらなかった。フィリピン史においては〝マニラの虐殺者〟とまで酷評され、幾万の市民の命を奪った男として記録されている岩淵三次少将は、死後（先の『マルコス王朝』によれば脱出して生き延びた可能性がある）、中将に昇格し、勲章まで授与される。一体、帝国海軍は岩淵のどこに功ありと考えたのかとシーグレーブは書くが、実際、戦艦を失って行き場のない兵をマニラに留め、無謀な戦いを強いて玉砕させたことが昇格と勲章の対象になるとは、にわかに解せない話ではある。フィリピンを統括するはずの陸軍の方針を無視し、海軍が兵の命と引き換えてまで守らねばならないことがあったとすれば、それは何だったのか。

戦艦を失って陸へ上がった海軍の動きについては、ほかにも極めて不審な出来事がその敗走途上で起こっているが、それは後述することにして、ここでは以上のような歴史の状況から、マニラ首都圏においてもトレジャー・ハンティングがさかんであることを記しておこう。

もっとも注目を集めたのは、スペイン時代からの城壁都市、イントラムロスとその先に位置するサンチャゴ要塞である。イントラムロスには日本軍統治時代の主要施設があり、サンチャゴ要塞はパッシグ川の満潮時に水攻めのできる地下牢獄や拷問部屋《トーチャー・ルーム》をもつ憲兵隊の本部であった。マルコス大統領がその各所で探査を試みたことはよく知られているが、アキノ時代になってからも、一九八八年、大統領府のお墨つきで発掘作業が行われている。

リーダーは、チャールズ・マクドゥーガルといい、『エイジャン・ルート（ASIAN LOOT＝「アジアの戦利品」の意）』（サンフランシスコ出版刊。未邦訳）なる氏の著作にその経緯が詳しく記されているが、フィリピン史上最初のおおっぴらに行われた探査として有名である。しかも、大変な物議をかもした。というのも、発掘の最中、事故で死傷者が出たことから、上院でアキノ大統領に対する非難の声が上がり、やむなく大統領みずから中止命令を発せざるを得なくなる。

その後、時を経てラモス政権になってから、アキノ時代の国家安全担当官、エマニュエル・ソリアノ氏がサンチャゴ要塞のオペレーション現場を修復するためにインターナショナル・プレシャス・メタル社（探査の出資会社）から提供された八四万ペソを着服したカドでオンブズマン（政府に対する苦情処理係）から告発されるという出来事が報じられた。ハンターには壊した場所を元通りにしておく義務があるわけだが、とくに貴重な遺跡での発掘であっただけに何かと問題がくすぶっているのだ。

あるいはまた、こんな話もある。

首都圏マラテ地区。タフト・アベニューとヴィトクルス・ストリートが交差するところ、リサール・メモリアル・スタジアムと隣接する私立の名門デ・ラサール大学は、日本統治時代、日本軍の司令部兵舎として使われていた。その向かい、タフト・アベニューと並行して走るレオン・ギント（金の獅子の意）ストリートおよびサンデハス・ストリート界隈は、当時、スペイン風の屋敷が立ち並ぶ高級住宅街（現在もその面影が残っている）であったが、それらも接収して将校たちの住居にあてられた。そのうちの一軒、レオン・ギント・ストリートとエストラダ通りが交差する角、ちょうどセント・スコラスティカ大学というお嬢様学校の向かいにある白い重厚な建物は旧スペイン大使館で、現在は瀟洒《しょうしゃ》なスペイン文化センターとなっている。

出来事は一九九三年、その屋敷の建て替え時に起こった。中庭には現在も大きく枝を延ばす樹齢一〇〇年はあろうかという巨大なマンゴー樹がそびえているが、その樹の下から、三函の金属の箱に収められた金、銀、プラチナが発掘されたのである。それぞれの容器に一〇本ずつ仕分けされて収められていたという。発掘したのはこの土地の所有者で、企業経営者のリコ・デルガド氏だ。

氏はもともとトレジャー・ハンティングを趣味としていたが、どこからか手に入れた地図もしくは情報を手がかりに、たったふたりで樹の下を掘ったのである。当時、ともに発掘にたずさわったロメオ・トリビオ氏は、その時の模様を次のように語っている。

〝オペレーションは建築関係者のいなくなる夜間にひそかに行われた。が、このあたりはマニラ湾に近く、少し穴を掘るとクイック・サンド(水を含んだ砂が沈む状態)になるため掘り進むのが非常にむずかしい。そこで彼(リコ・デルガド氏)は私に、水と砂を一緒に吸い上げるポンプを借り受けたいと言ってきた。私がドイツからの輸入ポンプを扱う会社に勤めていたからだ。私は、さっそくポンプを持参したが、噴き出す水と砂が非常に肌にかゆく、かつ悪臭を発するので、ダイバー用のウエット・スーツを身につけて作業に加わった。

作業は順調に進み、約六フィートでフラット・ストーン(平らな石)に行き着いた。これは非常に硬く、ジャック・ハンマーで破壊した。すると、まさにこれがフタででもあったかのように、すぐその下に三つの金属の箱がのぞいた。スモール・アーム・ボックス（「小さな武器入れ」とロメオ氏は表現）は引き揚げると、がっちりとロックされており、こじ開けるのにアセチレン・バーナーを利用した〟

まさに迫真の証言である。金属の箱は当時、将校が使っていたといわれる行李形の金匱《きんき》（≒金庫）にちがいない。フタをしてロックできるようになっている点も、紛れもない符合である。

さて、発掘後、リコ・デルガド氏は自分の所有する船会社を使って財宝をこっそりと香港へ運び去った。そして、アイアン・ヘンディー（またの名をリチャード・ジェンキンス）氏およびマイケル・フラヘルディー氏と謀《はか》り、シティ・バンクを通してインターナショナル・バイヤーズ・サービス社（ＩＢＳ）に売り払った（アイアン・ヘンディー氏はＩＢＳの陰の実力者であり、アキノ時代にマルコス派に寄り過ぎるとのことで追放され、一時身を隠していた金取引の世界の大物中の大物である）。

一方、ロメオ・トリビオ氏は、その後、一向に分け前の話が出てこないことに業をにやし、出来事を公にした。せめてポンプ代だけでもよこせと裁判にまで持ち込んだのだが、相手は大物であるだけにその行方は暗い、と本人は悲観的だ。

しかし、うがった見方によれば、ロメオ氏はとっくに相当な分け前にあずかっているという。提訴はただのポーズであって、世間の関心をふたりの争いへとそらす目的があるのではないかというのだ。

三　事件への序曲Ⅰ
――旧日本軍人の訪問者

さて、いよいよゴールデン・ブッダの話に入ることになるが、アルバート・ウマリの著作はそれ自体がさまざまなミステリーに満ちている。その第一は、バギオにあるロジャー・ロハスの家を訪ねて過去を語り、地図まで置いていった元日本軍人が誰であるのか。著作ではFUSHU GAMI（フシュガミ）と表記されているが、日本人の姓としてはすぐに思い当たるフシがない。漢字ではどう書くのか、イメージが浮かばない。

筆者はウマリに会うたびに、思い出してくれ、と迫った。フィリピン人は日本人の名前を発音するのが極めて下手くそだ。日本語を習わせるとかなりの才能を発揮するのに、それだけは恐ろしいほどにダメであることは、しばらくフィリピンに住んで現地の新聞をみるだけで足りる。一流紙でさえも、事件に巻き込まれた日本人の名前を正確にローマ字表記していることはまれである。そんな苦情を口にして、ウマリ、君もきっと発音の間違いをおかしている。名刺を置いていったと書いているがそれはないのか、などと筆者はしつこく言った。

「名刺はかつて反政府運動で逮捕された時、当局の家宅捜索を受けて持っていかれてしまった。

フシュガミは日本名じゃないのか？」
「非常にイメージしにくい。仮名で使ったとも思えない」
「仮名じゃない。本名だよ」
「だったら、もう少しまともな発音であるはずなんだがね」
ウマリは、首をかしげるばかりだ。そんなふうに指摘されたのははじめてであり、確信をくつがえされてとまどいぎみであった。

それはひとまず置いて、著作をみてみよう。

〈一九六七年四月から六九年にかけて、彼（ロジャー）は本来の錠前師としての仕事に従事し、一方で、古いコインや宝石、古器の類を売買していた。それらの平凡なビジネスで生計を立て、その稼ぎの一部を蓄えながら、近い将来に次の探検に向かうべく準備を進めたのである。

時々、彼はオリンピオの手伝いをして余禄を稼いだ。というのは、オリンピオは相変わらず、鉱物探知機の専門家としてほかの財宝探査や鉱物調査グループによって雇われていたからだ。それに支払われる給料は高く、仕事場所の遠近、量、それに拘束期間にもよるが、一日五〇〇ペソから一〇〇〇ペソになった。

彼はまた、あるアメリカ人から真新しい鉱物探知機を手に入れるために二〇〇〇個の珍しいコインを売りさばいた。その取引は価値あるもので、まっさらな最新型の探知機は三〇フィートから五〇フィートの深さまで探知することが可能であった。

そうして一九七〇年四月、次なる試みに乗り出す準備が整ったのである。

ところが、〝運命〟が彼のために大きな出来事を用意していることにはまったく気づかなかった。

同年五月八日、ロジャーの人生において、もっとも驚くべき出来事が起こる。正午少し前のことだ。きちんとした身なりのふたりの異国人が突然店の門口に現れたのだった。ふたりとも細い目をしており、声の調子や威厳のある歩き方から、日本人であることは間違いがなかった。

歳とったほうの男は、手に一枚の紙片をたずさえていた。頭髪が白くなりかけており、六〇過ぎかと思われたが、一方、若いのは三〇歳くらいで、丸めた新聞紙を脇の下にはさんでいた。

ロジャーとベニトは動きをとめて、珍しい客人を何の用できたのかといぶかりながらみつめた。日本人たちは微笑を浮かべ、ゆっくりとお辞儀をした。

「こんにちは、皆さん」

と、年寄りのほうが言った。紙片をもった手で身振りを加えながら、遠慮がちな英語とタガログ語で、

「実は、私たちは、ロジェリオ（ロジャー）・ロハスという、ユエル錠前店のオーナーであり、かつフィリピン財宝探査協会（ＴＨＡＰＩ）という団体の会長である人を探しているのです」

と、説明した。

ロジャーが相手の名前を聞こうとして立ち上がると、日本人も前へ進み出て、彼に紙片を手渡した。ロジャーは、そこに記してある名前と住所にすばやく目を通したあとで、自分こそは彼らが探している人物であると告げた。

訪問者は顔を輝かせ、ロジャーにつづいてベニトとも握手を交わしながら自己紹介をした。歳をとったほうは、フシュガミと言い、若いのは、サガムラと言った。

彼らは、実にホッとしたようであった。というのは、街の市場を一時間半ほども人に尋ね歩いてやっと錠前店の在りかを探し当てたからだ。

彼らが腰を下ろすと、ロジャーはどうして自分の名前や住所を知ったのか、また、訪問の目的は何なのかを尋ねていった。サガムラがたずさえてきた新聞を広げ、そこに報じられた記事のひとつを指し示した。記事は日本語だったが、もとはアメリカの新聞報道であると説明した。その内容は、ロジャーの財宝探査に関するリポートと、彼がアメリカ財宝探査協会（ＴＨＡ）と仲よくしている事実についてであった。記事はまた、彼がＴＨＡに寄贈した珍しいコインについて述べており、ロジャーの個人的な話題にも少し触れていた。そして、フィリピン財宝探査協会の本部はロジャーのユエル錠前店であると記されていて、彼らはその新聞記事をたよりに訪ねてきたのだった。

フシュガミはその同伴者とともに、前日、マニラに着いたばかりであり、時間を惜しんでその日のうちにバギオへ向けて出発したという。彼の声音は、ある重要な情報をロジャーに与えるためにやってきたのだと告げた時から、ほとんど囁《ささや》くように低くなった。それは大変な価値のある財宝が埋められたトンネルについての情報であり、「秘密の暴露」ともいえる意外な内容であった。

話に打ちのめされて、ロジャーはしばし身動きもならなかった。そのような重大な秘密がそう簡単に打ち明けられるとは信じられない。しかも、相手は見ず知らずの異国人である。が、歳とった男の声音は確信に満ち、かつ誠実だった。そして、彼が、この国のトレジャー・ハンターのなかでもっとも信用のおける人物としてロジャー・ロハスを選んだのだと告げた時、ロジャーの疑いはぬぐい去られた。

彼は、日本人に、秘密を保つ必要があるので自分の家で話をしたほうがよいと提案した。彼らは喜んで承諾し、タクシーに乗り込んで、市の中心部から数キロ離れたオローラ・ヒルのロジャーの自宅へと向かった。

家に帰りつくと、ロジャーは妻、ヴィッキーにふたりの日本人を紹介した。ヴィッキーは、訪問客が日本人だと知っていささか驚いた。冗談めかした短いやりとりがあったが、訪問者の目的はわからない。その後、日本人のために特別な料理を用意するようにとのロジャーの指図に従って、彼女は台所へ下がった。

ロジャーは、ふたりの客を居間へと案内した。腰を落ちつけると、フシュガミが、ほかにもいくつか大事な約束があると言って急ぎたい旨を告げた。彼は明らかに、いわゆる財宝の埋蔵について、その秘められた事実をできるだけ手短に伝えたいのだった。彼の表情は自信に満ちていて、話をはじめる準備ができている印とうつった。もうひとりの男は、黙ったままだった。ロジャーは、熱心に聞くつもりで笑みを浮かべたものの、実際は、未だそれほどの興奮をおぼえていなかった。たくさんの試みを通して勘違いの希望や失望を味わっていたから、この古株の元軍人の証言が信頼のおけるものであるとは、にわかに信じられなかった。そのような財宝があるなら、むしろ彼自身で手に入れようとするのではないか。それに、終戦から二五年も経っている。人の記憶、とくに老いた人間のそれは、曖昧にぼやけてしまっているのではないか。

それでも、ロジャーは聞く耳をもった。この老人の「秘密の暴露」が価値あるものであるかどうかは実際、誰にもわからないのだ。トレジャー・ハンターは、生まれつきの賭け事師《ギャンブラー》だ。

「私が事実を話している間は、黙って聞いていただきたい。必要がないかぎり、途中でさえぎらないでほしいのです」

「わかりました」

フシュガミは、ひとつ咳払いをすると、前屈みに身を乗り出して、どのようにはじめようかと思案するように目を細めた。

一時のあと、彼は語りだした。〉

第四章

一　事件への序曲Ⅱ
――旧日本軍人の証言

旧日本軍人《ベテラン》フシュガミは、まず身分から明らかにしていった。この国で戦闘を経験したものであること、階級は軍曹であり、第一四方面軍の第五工兵連隊に所属していたことなどである。一九四四年一〇月の第二週に、方面軍の総司令官は黒田重徳《くろだしげのり》中将から山下奉文《やましたともゆき》大将に引き継がれ、その配下に入ったことを述べたあと、肝心の話へと入っていく（『マルコス・ゴールドを追って』〔アルバート・ウマリ著〕より）。

〈「ところで、一九四二年の一〇月から一二月にかけて、我々の仲間は、ブギアス山中に戦略トンネルを建設するように命じられました。ロー・バレー（ロー谷）に近いところです。私の小隊は、その山中のいくつかのポイントを爆破して、トンネル計画を容易にする任務をおびておりました。我々のほかには、三〇〇名の現地住民が雇われており、ほとんどが近隣の山村からきたイゴロット族でした。

計画は最高機密でしたから、現場とその周辺は一三〇名あまりの警備兵で固められていました。中隊総がかりの警戒ぶりでした」

それから、フシュガミは、トンネル計画の進み具合について、あるいは、完成したそれぞれのトンネルにいかに大量の軍需品や食糧が蓄えられたかについて簡潔に語った。彼らはさらに数ヶ月を費やして、それら山中に六ヶ所ほどの支道トンネルを掘りつづけ、一九四四年九月ごろまでにはすべての計画が完成に近づいたという。

「一九四四年一〇月一八日でした」

と、老人はつづけた。「第一四方面軍の総司令部は、米軍が圧倒的な軍事力でレイテ島を包囲し、反撃をはじめたという緊急ニュースを受け取りました。続く数週間のうちに、フィリピン群島のいくつかの地点で米軍の猛烈な攻撃と上陸が行われたのです。ほとんどすべての前線で、我々の防衛線は突破され、打ちのめされて、部隊は撤退を余儀なくされました。

そして、一九四五年一月八日、米軍がリンガエン湾岸に上陸してからは、私の中隊はタルラック州へと追い立てられて、そこで、敵が通ると目される道路や橋、あるいは広範囲の平地に地雷をしかけるように命じられました。第五工兵連隊のほかの面々は、ヌエバ・エシハ州やパンパンガ州などで同じ任務についていました。恐ろしい会戦のなかで、我々、工兵隊は歩兵として戦うことを余儀なくされました。米軍が中部ルソンのほとんどを平定するころには、我々の中隊は大勢の者が殺されて小さな隊になっていました。そしてついに、バギオの麓まで撤退して、そこで再度、防衛線を立て直すことになったのです。

我々はふたたび橋や道路、そのほかの戦略上の要所に地雷を仕掛けました。四月の最初の週でした。その任務を終えると、我々は命じられるままにブギアスのトンネルへと急いで引き返しました。その時すでに、私の小隊は一四名に減っており、そのほかはすべて、小隊長も含めて戦闘で亡くなっておりました」

ここに至って戦友を思ってか、フシュガミはその目を薄ぼんやりとさせた。そして、ポケットからハンカチを取り出して、ゆっくりと涙をぬぐった。一方、若い日本人はジッと沈黙をつづけ、視線だけを床に落としていた。

「取り乱してしまった」

と、老人は頭を上げて苦笑した。「肝心の話からそれてしまったようです。さて、どこまで話したのかな」

サガムラが何かを短く告げた。それをきっかけに、老人はつづけた。

「そうだ、我々がブギアス・トンネルへと引き返したところまで話したのでしたな。そこで我々は、トンネルの数ヶ所に爆薬を仕掛け、遠隔から爆破できるような装置をとりつけるという、極秘の任務を実行しました。その命令を下したのはある大佐で、この極秘の任務については絶対にほかへ漏らさないようにと警告しました。とくに、現地の働き手や警備兵たちには決して知られないように、とね。もし秘密を漏らせば、それは死を意味したのです。実際、我々は、そのトンネルをどのように爆破するかを知って驚き、恐ろしくなりました。というのは、働き手の現地住民や兵隊がトンネル内で作業をしている最中に爆破する、というものだったからです。四〇〇人もの人間が何も知らずに生き埋めにされるというのです」

フシュガミは、そこで言葉を途切らせて身震いをした。

「あなたはその命令に抵抗しなかったのですか」と、ロジャーは思わず口走った。

「もちろん、意に反することでしたよ。しかし、我々に何ができたというのです」

老人は、頭を振った。「もし抵抗すれば、それは全員の死を意味したのです」

そこで大きく息をして、「私を信じていただきたい。彼らがどうしてそのような非運に追い込まれたのか、考えると本当に途方に暮れてしまうのです」

とにかく、とフシュガミはつづけた。「その大佐は、我々にこんなふうに説明しました。司令部のトップは、彼ら（現地住民の働き手や兵隊）の全員がそのトンネルのなかに隠された軍の最高機密について知ってしまったことを確信している。従って、永久に彼らの口を封じる必要がある、とね。大佐は、それが近代的な秘密兵器か何かであるように示唆したものでした。そして、一九四五年四月一八日の正午ごろ、ちょうど米軍がバギオの入口まで進撃してきたころでしたが、我々に爆破の最終命令が下されたのです」

フシュガミ老人は、そこで上着のポケットから一通の封筒を取り出すと、なかから黄色くなった一枚の羊皮紙を抜きとった。そして、それを彼らの間の低いテーブルの上に広げてみせた。それは、トンネルの在りかを示す古い地図だった。

ロジャーは、息を詰めた。目の前に示された証拠は、それまでの彼の疑いをにわかにぬぐい去った。彼は、その地図をジッとみつめた。

「よく聞いてください。秘密の兵器を隠す云々の大佐の台詞はまったくの偽りでした。つまり、トンネルのひとつに大変な価値のある財宝が隠されたのです。それは私自身が運のわるい（秘密を知ってしまった）兵士たちから聞かされています。しかし、どのトンネルに隠されたのかは誰も知らないようでした。それから、おぼえているのは、我々が爆薬を仕掛けている数日の間に、大佐があるひとつのトンネルには装置をほどこさないように命じたことです。そこだけは保存するつもりのようでした」

フシュガミは、地図の上の一点を人差し指で示し、太い黒線で×印をつけた。

「これがそのトンネルの正確な位置です。ほかのトンネルの支道は入口がすべて木製の扉でしたが、このトンネルのものだけは太い鉄格子で非常に強固につくられていました。なかへ入ることが許されているのは、その大佐だけでしたが、私は大佐が毎日の見回りをする時、二度ばかりなかをチラリとのぞくことができました」

老人は、そこで言葉を切って大きく溜息をついた。「そこに私がみたのは、大きなコンクリートの地下室でした。高さは人の背丈ほどで、幅が五フィートほどありました。奥まったスペースに、見馴れない形の箱が二〇ないし三〇個、きちんと角をそろえて積まれていました。それらがトンネルのなかにある唯一のものでした。ほかには何もなかったと思います。我々は誰ひとりとして、その地下室に置かれた箱の中身が何であるかは教えられていませんでした。ただ、私はおそらく噂される財宝の収集品であろうと踏んでいました。忘れないうちに言っておきますが、ほかのトンネルからは軍需品や食糧が消え去っていました。というのも、米軍がバギオへ侵攻した四月二五日の数日前に、それらはすべて後方の山下防衛ラインへと運ばれていたのです。そして、いよいよ爆破しようという最後の時もなお、その特別なトンネルのなかの品だけはそのまま残されていました」

ロジャーは、そこで言葉をはさみ、それらが単なる推測にもとづいた話であるなら乗り気にはなれないと告げた。

「昔は確かに単なる推測でしたよ。しかし、いまは、それが財宝の収集品であったと確信しているのです」

フシュガミは、ほほ笑んで言った。「どうか最後まで話させてほしい」

ロジャーは、叱られたように黙り込んだ。

「これまでの私の話に出てくる大佐ですが、ある日、突然私の事務所を訪ねてきたのです。福島から東京へ、ただ私に会うためだけにやってきた。まったく驚きました。というのも、ブギアスでトンネルを爆破したあの恐ろしい日以来、我々は一度も会っていなかったからです。その時まで、私は彼が、私と同じく、米軍の捕虜となり、その後、母国へ送還されたという事実さえ知らなかったのです。どうして私の居所を知ったのかは話しませんでしたが、彼が鋭い知性をもっていることで十分にうかがい知れることでした」

フシュガミは、地図を指さして言った。「これが彼の訪問の目的でした。彼は、私にこの地図を預けて告白したのです。あの特別なトンネルのなかにあったのは巨大な黄金の富である、と。財宝の量については触れなかったが、そこに埋蔵されたのは間違いなく本物の金塊だと誓って言うのです」

老人は、そこで少し間を置いてからつづけた。「私は彼に、なぜそんな大きな秘密を知らせにきたのかと尋ねました。一体何のためにそんなことをするのか、とね。彼は、言いました。戦争が終わって以来、あの金塊の場所へ戻る望みを抱いてきたが、いまや急激に衰えてしまった。なぜ衰えたのかは話してくれなかったが、ただ、私にこの地図を保管してくれるように言い、もし財宝に興味があるなら、それをどうするかは私の自由にしてよいということでした。そして、将来、私もしくはほかの誰かがそれを手に入れることがあっても、分け前にあずかるつもりはまったくない、と」

その大佐は二年前に亡くなっており、福島での葬儀にも出かけたと、フシュガミは話した。それから地図の詳しい説明で時を費やし、ロジャーにどうやってうまくトンネルを掘り起こすかについての示唆を与えた。

やがて、ヴィッキーが腕をふるった贅沢な昼食の用意ができて、ロジャーは客人を食堂へと案内した。彼らは、食べながら話をつづけた。

「ひとつ大事な質問をしていいですか」

と、ロジャーがためらいがちに言った。「そのプロジェクトは私が実行しなければならないでしょう。その際、あなたの立場はどのように考えればいいのですか」

フシュガミは、少し間を置いてから、真っすぐにロジャーをみつめた。

「ロハスさん、私はいま、その財宝をどうするかの権利をすべてあなたに与えます。ちょうど私を訪ねてきた大佐のように、です。分け前はまったく興味がないどころか、一切そういうものは要らない。私は、東京でのビジネスで十分に成功していますから。ただ、ひとつ願いを言わせてもらえば、あなたがもしその財宝を手に入れることができれば、この国の貧しい人々に分け与えていただきたい。その一部を政府に寄付することも可能です。あなたはきっと私の助言に従ってくれるでしょう」

「しかし、それでは不公平だ。ここまでくるのだって大変な苦労をなさっているのだし、そうおっしゃられても困ります。どうでしょう、もし成功した日には、半分ずつ取るということにしては？」

「私はもう答えを出しましたよ、ロハスさん」

と、フシュガミは威厳をもって答えた。「これが最後です。私の答えを尊重していただきたい」

ふたりの日本人はほほ笑み、納得するようにうなずいてみせた。

食事も終わり、彼らは腰を上げた。そして、ロジャーとヴィッキーにもてなしを感謝して、暇を乞うた。前にも聞いたが、ほかにも大事な約束があるのだという。

ロジャーは、訪問者に深い敬意をもって感謝の言葉を口にした。門のところまで彼らを見送っていくと、フシュガミが別れの挨拶をした。

「成功を祈っていますよ、ロハスさん」

そう言って、ロジャーの手を握った。サガムラが次に握手をした。

その時、タクシーが通りかかり、ロジャーは大声で呼びとめた。最後に手を振ってみせると、ふたりの日本人は車に乗り込んだ。

ロジャーは、手を振り返し、走りだしたタクシーが角を曲がって消えていくのを見送った。〉

（傍点は筆者）

二　ある疑問

著作の第四章（フシュガミの秘密）は、そこで終わっている。

これを読んだ時から、筆者は何かしら腑《ふ》に落ちないものを感じていた。それがなぜなのか、どの点に問題があるのかは、漠然として捕らえられない。ただ、眼の前にモヤでもかかったような、すっきりしないものをおぼえてならなかった。

前に記したように、フシュガミという日本人名の曖昧さは依然として解決されていない。ただ、アルバート・ウマリ自身の発音に耳を澄ませると、フチュガミ、と聞こえる。それでますます混乱する。「シュ」ならば、主、守、朱、手などが考えられないわけではない、が、「チュ」にはほとんど文字がない。もちろん、ウマリの発音が訛《なま》って（おそらくタガログ語ふうに）そう聞こえるにすぎないのだが、こちらとしてはいささか腹立たしい。

そういう曖昧さも釈然としない一因をなしているのだが、何度も読み返しているうち、筆者はある一点において、矛盾といってよい事実を発見する。

ブギアスというのは、確かに存在する町の名である。バギオから東北の方角へ、直線距離にして五〇キロあまり、道を行けばゆうに一〇〇キロを超える山中にある。そこからほぼ真東へ三〇キロほど行ったところに、山下がバギオ撤退後に立てこもったキアンガンがある。ということは、ブギアスなる場所は、バギオのはるか後方の相当な山奥に位置する。

そこで、著作を振り返ってみると、筆者が傍点をほどこした部分に、疑いを抱かざるを得ない。

まず、一九四二年一〇月の時点で、そんな山奥に工兵隊を送って巨大な戦略トンネルを掘る計画があったのかどうかだ。兵法上は、万が一の場合を予想してのちのちのために避難場所や武器弾薬、食糧等を貯蔵する場所を確保しておくというのはごく当たり前の策であり、まだ余力があるからこそ、そのような戦略トンネルが用意されたのだという論も成り立つ。

が、実際のところ、ブギアスにそういうトンネルが掘られたという噂もなければ、もとより戦史のどこにも出てこない。

当時、ブギアス方面は強兵をうたわれた尾崎義春《おざきよしはる》中将率いる第一九師団（通称・虎）および佐藤文蔵少将率いる独立混成第五八旅団（通称・盟）の担当地域であり、その北方、日本軍が是が非でも死守したいマンカヤン（鉱山で名高い）、セルバンテスへと進軍していくことになる。一方、山下大将自身は、一九四五年四月一六日、バギオをあとにして、みずからつくらせたカガヤン渓谷からの物資（主に米）運搬用の通称〝山下道〟（バギオ・アリタオ間を結ぶ一〇〇キロの道）を下ってアリタオ、バンバンを経、キアンガンへと向かう。山下司令部は、キアンガンからさらに第三レストハウス（別名・複郭陣地）と呼ばれる場所へ移るわけであるが、それはさて置き、筆者がほどこした傍点部分をさらに検討してみると、トンネルを爆破するに至る時期および状況が、そこがブギアスならば素直には納得できないのである。

すなわち——すべてのトンネル計画が完成に近づいたのが一九四四年九月、といえば、山下率いる尚武集団がバギオまで撤退して、そこで再度、防衛戦を立て直すことになる少し前のことだ。そして、トンネルを爆破せよとの最終命令が下ったのが、四五年四月一八日、米軍がバギオの入口まで進撃してきたころ、である。ただし、その爆破に先立ち（米軍がバギオへ進攻した四月二五日の数日前）、トンネル内の軍需品や食糧はすべて後方の山下防衛ラインへと運ばれていた、という。そのトンネルがバギオのはるか後方のブギアスにあったならば、米軍がバギオの入口まで進攻してきたからといって、あわてて爆破し、食糧そのほかを運び出す必要があったのかという疑問がわいてくる。

一九九七年七月、筆者は雨季のフィリピンを訪れた。どしゃぶりの日々がつづいており、街路はほうぼう水びたしになって交通が麻痺することがしばしばだった。その夜も夕刻からの豪雨で、ウマリと待ち合わせた日本料理店に着くのに、お互いに一時間近くも遅れることになる。

座敷で向かい合い、筆者はビール、ウマリはマンゴシェイクで乾杯をしたあと、

「今年のフィリピンはいやに雨が多いじゃないか」

と、筆者は言った。

「これが本来の気候なんだよ。雨の少ないここ数年が異常だった」

正常な雨季はこんなものだと、ウマリは話す。つまり、一九九一年の有名なピナトゥボ火山の噴火は、以来、フィリピンの気象を変えてしまった。雨季に雨が少ない異常気象がつづいていたのが、六年が経った今年になってやっと正常な空に戻ったというのだ。

「ところで、ウマリ」

と、筆者はやがて切り出す。「君の著作にあるブギアスのトンネルへ行ったみたいのだが、どうだろう」

ウマリが少しとまどう様子をみせた。正確な場所を教えてくれないかと追い打ちをかけると、いよいよ当惑ぎみに言葉をにごしたことから、こちらの疑いを率直に口にした。

「その戦略トンネルは、本当にブギアスにあったのかい？」

「というと？」

「つまり、前後の関係で言えば、ブギアスというのはちょっと北に寄りすぎていると思うんだが」

筆者は、さらに言葉をついで、米軍がバギオへ進攻してきた時期とトンネルの爆破時期が符合しない、不自然さを免れない、とやや強い口調で言い切った。

ウマリが返答につまった。染めた金髪が頭を垂れた彼の頬にかぶさって、なんと答えるべきか、考えあぐねているようだった。が、やがて顔を上げて、

「君はよい読者だ」

と、笑みを浮かべて言った。

「すると、ぼくの疑いはもっともなのかい？」

「前にも話したと思うが、昔は言えなかったことでも、いまなら言えることがある。あのトンネルの場所はブギアスではない。この答えもそのひとつだ」

ブギアスではない……。

疑いを抱いていたとはいえ、これほど明確な答えを聞けるとは思っていなかった。言い訳しようとすれば、いくらでもできたはずだ。ブギアスは山下の最終的な防衛ラインからはずれているため、米軍がバギオへ迫った時点で放棄されたのだと言えばすむ。

が、ウマリは白状してしまった。トンネルの場所はブギアスではない……。

「であれば、トンネルはどこにあったのかと聞きたくなる」

つづいて探りを入れると、それには黙って首を振った。

「それだけは言えないわけだ……あそこには、まだ財宝が眠っているからね」

「なるほど」

筆者は、そこで半ば納得する。トンネルの調査は完了したわけではなく、いつかまた再開する機会がこないともかぎらない。場所を公にすると、ほかのトレジャー・ハンターに狙われる恐れがあるというのはもっともな話だ。

「それと、もうひとつ」

と、ウマリは言った。「上院の公聴会での証言もトンネルはブギアスということにしてある。今後の裁判の行方も考えなければならないからね」

それで筆者は引き下がる。ブギアスではないと告白しただけでも重大な事実の変更であり、書かれて都合がわるくないかとただすと、それはかまわない、と言う。その筋にはすでに気づかれていることだからだ。かつて、チャンネル7（フィリピンTV局のひとつ）に出演した時も、チラとそのようなことをにおわせてもいる。が、ではどこなのかと問われても、いまはやはり答えるわけにはいかない、それだけは了解してほしい、というのだった。

実際、ゴールデン・ブッダ事件こそは、数百兆円ともいわれる天文学的規模のマルコス資産追及の国際裁判において、はじめて、強固で狡猾なマルコスの資産隠しに風穴を開けると同時に、イメルダおよび息子のボンボン・マルコスを震え上がらせ、かつ激怒させたケースであった。それがため、うかつに事実のすべてを公にするわけにはいかないというウマリの立場、心情も、よく理解できるのである。

「それはひとまず置くとして、そのほかのフシュガミの話はどうなんだろう。脚色や嘘はないのかい」

「それはない。すべて本当のことだよ」

舞台をブギアスに設定しただけで、そういうトンネル計画があったことや爆破命令が下るまでのプロセス、それにある日、大佐が訪ねてきて地図を託していった話などは、フシュガミの語りを忠実に記したとウマリは言う。

もちろん、内容はロジャー・ロハスから伝え聞いたことであり、そのためか、やや説明的な会話になっている。それは読者の理解を助けるのに必要な範囲で許されることだが、その説明的な部分のせいで、トンネルがブギアスにあったのかどうかの疑問もわいたことを思えば、いささか皮肉だ。

さらにもう一点、筆者が疑問とするところがある。それは、「働き手の現地住民や兵隊がトンネル内で作業をしている最中に爆破」し、「四〇〇人もの人間が何も知らずに生き埋めにされ」た云々というフシュガミの話についてだ。筆者のような戦後生まれの人間には、どうにも理解しがたい話なのだが、本書の調査をかさねる筆者の耳にもその点に関してのさまざまな話が入ってきたことを記しておこう。

例えば、日系二世のトレジャー・ハンターK氏は、O氏（元日本海軍大尉）から次のような話を聞いたという。O氏は大戦中、マニラ港湾において民間人として帝国海軍の荷揚げ、運搬にたずさわるフィリピン人の総元締めであった。当時、フィリピン暮らしの長いO氏は、現地の事情に明るいところを買われ、軍属として日本軍に協力していたのだが、海軍による財宝埋蔵計画の作戦実行指揮官らをフィリピン各所の埋蔵候補地へ案内する役をも受けもつことになる。それに先立ち、O氏は指揮官らに海軍司令部に呼ばれ、大尉の軍服、襟章等を渡された。すなわち、海軍大尉の位を付与されたあと、マニラから運び出される財宝のバギオ方面への運搬にたずさわった。例えば、その時の一場面について――O大尉はある山岳地帯における埋蔵地点の入口に立ち、下のほうからとくに選ばれた屈強な若い兵隊たちが重い財宝をかつぎ、あたかも蟻が食べ物を穴に運び入れるがごとく長い列をなして登ってくるのを見つめていた。それら荷物がひとつ残らず洞穴に運び込まれたのはもちろんだが、その後、O大尉は運搬にたずさわった兵隊たちを労をねぎらうためと称して洞穴内に集め、酒をふるまった。そして、頃合いを見計らうとO大尉は外へ出、かねてからの計画どおり、機密保持のため、内部に兵隊を残したまま、財宝もろともに洞穴を爆破した。あの時期、あのような場所で、よくもそのような計画が実行できたものだ。いまでもあの若い日本兵たちの不屈の精神には敬服せざるを得ない。Kさん、あなたがもし、あの場所を掘る計画があるなら、どうかまず花と線香を手向け、不幸な若い魂を弔ってからにしてほしい。O元大尉は、涙ながらにそんな話をK氏に語ったというのだ。

ともあれ、読者諸兄姉には、これからはじまるロジャーらのトンネル探査はその舞台がブギアスではないことを記憶しておいてもらいたい。爆破命令が下るプロセスから推せば、バギオか、あるいはその周辺の〝ある場所〟ということになるが、とにかく先へ進むことにしよう。

三 〝黄金の富〟を求めて

〈フシュガミの訪問を受けてから二日間、ロジャーはほとんど眠れなかった。トンネル発掘についての最悪の問題に悩まされたせいだ。時々、彼は引き出しにしまってあるトンネルの地図を持ち出して、それをテーブルに広げ、何時間もそれに視線を注いだ。念入りに入り組んだ細部を検討し、作業をはじめた際に持ち上がる問題について考えた。いくつかの疑問点があったが、それらに対する回答はほとんどがおぼつかないものだった。

だが、彼の最大の問題は資金面であった。作業が最低六ヶ月に及び、三〇人から四〇人の手がいるとの予測にもとづけば、手持ちの資金は十分ではない。労働者の賃金のほかに、その間、彼らを食わせねばならないのだ。しかも、必要となる道具そのほかの設備の調達はどうするのか。手持ちのわずか六万ペソでは、とてもまかないきれるものではなかった。

この計画を実行に移すのはむずかしいと思われた。が、見込めるものがあまりに魅力的であったから、すべての恐れや疑いをはねのけて、ロジャーはついに危険をおかすことに決めた。なんとかなるさ（バハラナ）。

彼は、そう心に刻んだ。それは、フィリピン人が危険に直面したり不利に陥った時にいだく〝成り行きまかせ〟を意味する言葉であった。向こうみずかつ大胆に、束縛をはねのけて、その場の風向きに従うのである。

次の日、ロジャーはまずオリンピオをつかまえることにした。そのころ、彼はイザベラの人里離れた場所である財宝探査グループと一緒に仕事をしていた。そこで、ロジャーはマニラの私に長距離電話をかけて、オリンピオと私に急用があるのですぐにきてくれるようにと簡潔に告げた。その場では何を計画しているのかは知らせなかった。

正午までに、彼はルディ・ベニトを呼び、かつてのメンバーを三日以内に集めるように言いつけた。つまりベニトは、パンガシナン、ヌエバ・エシハ、パンパンガなどの田舎を旅して触れまわらねばならなかった。一時間後には、彼はバスに乗り、最初の目的地であるパンパンガへと出発したのである。

私は、次の日の朝方に着き、そして、オリンピオは、長旅の末、日没までに到着した。

その夜、我々三人は、部屋のドアを閉めて話し合った。ロジャーは、私たちにトンネルの地図をみせ、どうやってそれを手に入れたかを話した。

ロジャーが何もかも話し終えると、私とオリンピオは唖然として彼をみつめた。それほどの秘密がそんなに簡単に転がり込むとは一体どういうことかと驚きを禁じ得なかったのだ。我々が聞かされたことは、ほとんど信じられなかった。しかし、地図がある。我々の目の前に、フシュガミのくれた地図があるのだ。

私の主導で、計画の立案がはじまった。兵站《へいたん》術、設備、期間、作業技術そのほか、細部にわたって検討を加えた。

計画が出来上がるまで、二日を要した。そして、三日目に、我々は、食糧を調達し、さまざまな設備機材を手に入れた。

我々はまたジープを借りて、ブギアス山中の丘陵地帯を視察した。半日以上かかって、周辺を探し歩いた末、フシュガミの地図に記されている小山を見つけだした。それは広々とした、樹木に覆われた丘陵地だった。我々は、最初の調査をその場所で行い、どの地点を掘るかについておよその見当をつけた。そして、日没までにバギオへ戻ってきた。

その間、ルディ・ベニトは自分の役目をよく果たした。ひとり、またひとりと、家を訪ねて触れまわった男たちがバギオへ到着しはじめていた。〉

第五章

一　蛇と頭蓋

かくてロジャーは、結集した仲間の一二名とともにいよいよ探査開始へと向かう。アルバート・ウマリの著作から、その経験をかいつまんで追ってみる。

著作には、ことこまかに探査の模様が描かれているのだが、それを逐一ここに記すと、読者の忍耐を強いることになるだろう。のちのち、必要とあらば、その部分を取り出せばすむことであり、ここでは、ゴールデン・ブッダ発掘がいかに時間と労力を要したかについて、探査の経過とハイライトだけ伝えておこう。

五月三〇日（一九七〇年）。借りうけた一台のトラックで現地へ。近くの繁みで樹木を切って寝床用の小屋、次に、キッチンと食堂用の小屋を建てる。山の斜面に生い茂るコゴン草（ニッパ椰子《やし》と屋根葺《ふ》き用に使われる丈の低い熱帯草）で屋根を葺く。

翌日、イゴロット族の伝統的な村から三〇名の男を労働者として雇い入れる。

六月五日。目的の山の南斜面をよじのぼり、爆破されたトンネルの入口を探しはじめる。それは、山の麓を迂回する舗装された道路から高さ四〇フィート（約一三メートル）以上のどこかにあることが地図に示されていたが、入口らしい跡をみつけるのに苦労を強いられる。

〈長い踏査の果て、山の斜面をのろのろと歩いて帰る途中、ロジャーとオリンピオ（鉱物探知機の技師）が偶然、土質がこれまでのように緻密ではない地点を踏んだ。

我々は立ち止まり、男たちに掘ってみるように言った。そして、掘り返された最初の土の塊を調べた。一見して、それは山の粘土であるとわかった。ほかの地点ではみられなかった柔らかさがあって、最初に試みた場所よりもはるかに望みがあるように思われた。

次の日の日没までに、幅三メートル半の穴を斜面の奥一〇フィートまで開けた。この時点で、粘土質の土に、壊され打ち砕かれた岩棚の破片が密に混じるようになった。それは、確かに爆破の証拠物だった。

その夜一〇時ごろ、ふたりの夜間シフトの男が穴から出て、大ニュースを知らせるために斜面を走り降りた。ついにトンネルの入口に行き当たったのだ。

時を経ずして、我々は穴のなかにいた。そして、カーバイド・ランプ（青白い光を発する反射鏡つきのランプで燃えカスは白くにおいが残る）の下、我々がみたものは、紛れもなくトンネルの入口であるコンクリートの側線と舗装された床であった。

頂のアーチ形をした部分は爆破によって崩れ落ち、トンネル入口をすっかりふさいでいた。が、両サイドのコンクリートの部分はおよそ六フィートの高さまでそのまま残っていた。このことがトンネルの奥へ、さらに深く掘り進むための目安となったのである。〉

トンネルの入口が発見されてから、彼らは休みなく作業がつづけられるように三交替制に移行する。

発掘は、南から北へ、さらに北東へと進められた。岩と土砂を突き破り、空洞のトンネルを一五歩くらい行くと、ヘルメットの光が廊下の床から円天井までをふさぐ崩壊した岩石の巨大な塊をうつしだす、といった具合。そのくり返しが北東から再び真北へと果てしなくつづく。フシュガミ老人が述べた言葉どおり、トンネルの相当な部分が爆破によっても損なわれることなく残っており、崩壊しなかった部分は障害物もなく空洞になっていた。

八月半ば。トンネルの別の部分に到達。そこで突然、彼らのヘルメットの光が対になった何組かの目を照らし出す。

〈蛇だ！　それも何百匹といる。

恐怖にかられた彼らは、叫び声を上げてあとじさりした。生き物たちはかすれた鳴き声を発しながら、あらゆる方向へと滑りだした。その音がなんとも不気味で、神経を苛立たせた。

蛇の間には無数の骸骨が散らばっていた。そのうちのいくつかはトンネルの壁によりかかっており、頭蓋の上に錆びたヘルメットが乗っていたり、そばに腐食した銃が転がっていたりする。またあるものは、床にひれ伏して横たわっており、骨と骨の間を蛇がくねくねと動いていた。

責任者のベニトは、もっと明かりを増やすように言った。やがて、あたりはずっとよくみえるようになって、散らばったものがよりはっきりと形をとった。ほとんどの蛇が明かりに追われて、逃げはじめた。

詳しく観察すると、骸骨は腐食して崩れた靴をはいており、そばには、錆びついた銃剣と弾薬入れから落ちて腐食した弾薬筒が転がっていたりする。それは、遺骨が日本兵のものであることの証拠であり、フシュガミの証言によれば、トンネルの爆破で生き埋めにされた兵隊たちであった。〉

ある地点で、ノミで文字の彫られた大きな長方形の平たい板をみつける。

それは、日本語の文字であった。もちろん誰も読めなかったが、おそらくトンネルの道案内を示す文字か何かだろうと、彼らは推測する（およそ古代文字が使用されており、日本人でも読解するには知識がいる）。

一〇月初旬。セメントで出来た深さ二〇フィートの階段に行き当たる。階段を床まで降り、開けたトンネルの道路を伝っていくと、ゆうに三六〇度、ぐるりと旋回しており、一八〇度いったところの崩壊部分を掘り進む。それは、これまでのもっとも長い崩落部分であり、一一月の第一週までかかって、やっと粗石を除去。すると、また通路の先にコンクリートの階段があり、そこから真東へ支道が曲がっており、そこへ一歩踏み込んだ彼らは、またも気味のわるい光景に出くわす。

〈人骨がトンネルの床に、左右に散らばっていた。やはり錆びついたヘルメットや銃、そのほかのあらゆる証拠物が、遺骨が爆破で無残にも生き埋めにされた運のわるい日本人であることを物語っている。そして、そこにもまた人骨の間を、しわがれた雄鶏のような鳴き声を上げながら蛇が這っていた。〉

さらに奥へと進むと、廊下の両サイドにふたつの大きな部屋がある。なかには一〇〇体以上もの人骨（彼らは頭蓋骨の数でかぞえる）が散らばっており、だが、これらの遺骨の間には、錆びたヘルメットなど兵隊のものであるとわかる物はひとつもなく、おそらくトンネルの爆破で犠牲になった現地住民のものであろうと、彼らは推測する。イゴロット族の印であるビーズの飾り。木製のブレスレット。ボロボロになったイゴロット族特有の織布。それらが首や腕など、方々の骨にからみついていた。

一一月六日。トンネルの終着点に到着。鉱物探知機の針がこれまでとはまったくちがう振動の仕方をみせる。それは、目的物が一五フィートかそこらにあることを示していて、いま掘っている部分か、それとも突き抜けた向こうにあるか、どちらかだろうと予測できた。

〈「これは間違いないぞ」

と、ロジャーが興奮して言った。「フシュガミの話はこれまですべて正しかった。トンネルの終着点であるここが、彼が話した爆破の六番目の場所だよ」

「もはや疑いの余地はないね」

と、オリンピオがテーブルの上に広げた地図を見入りながら言った。「金はきっと、あのガレキのなかにある。なんとか一〇日以内にたどり着きたいものだね」

「しかし、やっかいな問題がある」

ロジャーが溜息をついて言った。「食糧があと四日分しかないんだ。手持ちの現金もあと二日分、彼らに払う余裕があるだけでね。もうここにきて六ヶ月にもなるだろう。こんなに長く手間取らなければ、十分に事足りたんだ。君たちには言わなかったが、このプロジェクトをはじめる時に持っていた三万ペソに加えて、義兄から二万ペソ借りている。それがすべてなくなってきた」

オリンピオは、日付をみた。

「今日は、一一月六日だ。三日後は九日か」

「そう九日までだ」

ロジャーは、最終的にそう決めた。それまでになんとかならなければいったん作業を中断し、さらなる資金を準備してから再開を期すほかはない。

だが、一一月九日になっても、まだトンネルは開かなかった。そして、午後三時、すべての作業が中止された。

イゴロットたちは落胆した。お金が手に入ることはめったにない彼らにとって、食事つきで一日五ペソの給料はよいほうであった。

次の日、ロジャーと仲間たちは荷物をまとめ、キャンプを閉鎖した。そして午後、ベニトの運転するトラックに乗り込み、バギオへと戻っていった。〉

いったん作業を中断したのは資金不足が主な理由だったが、間近の成功を確信したことから、雇い入れたイゴロット族に事実を知られたくなかったためでもあった。やがてロジャーが資金を調達して再開する作業は、仲間うちだけで極秘に進められることになる。

二　空から金が降ってきた

作中に出てくるイゴロット族について、ここで少し注釈を加えておこう。

ルソン島北部、主としてコルディリュラ山脈に住む原地住民の総称である。〝山に住む人々〟の意で、プロト・マレー系に属するプレ・スペイン（スペインによる支配以前）時代からの先住民族だが、起源は新石器時代、中国南西部かインドシナ半島などから移住してきたものとみられる。ボントク、イフガオ、カリンガ、ティンギアンなどいくつかの種族に分かれ、文化的には呪術や超自然的なものを尊ぶ点で共通したものがあるが、なかでもイフガオ族の急峻な山地を棚田式に切り開いて行う稲の耕作は彼らの知恵の高い水準を示すものとして知られている。

ロジャー・ロハスらの発掘作業を手伝ったイゴロットがどの種族に属するかは、以前に述べたとおり探査場所が明確ではないことから特定できないが、バギオ周辺の山地から駆り出されたことは確かだ。バギオの町を歩くと、よく民芸品などを売るために山を降りてきたイゴロット族をみかける。

バギオは避暑地として有名な、日本で言えば軽井沢のようなところだ。碓氷峠《うすいとうげ》を切り開いてつくれられた道路に当たるのがベンゲット道で、またの名をケノン道路という。フィリピンがアメリカの植民地になったばかりの二〇世紀初頭、ケノン少佐が指揮をとり、四月五月の暑季に夏の都をバギオにつくるために大変な難工事が敢行された。はじめフィリピン人やマレー人、さらには中国人の労働者が雇われたが、彼らはその工事に耐え切れず、少しも先へ進まなかったことから、当時ブラジル移民で勤勉さを実証していた日本人労働者の起用が発案され、主に沖縄から屈強な日本人がおよそ二〇〇〇名も雇われていった。うち七〇〇名が命を落としたといわれる難工事だったが、ついに数年がかりで完成、おかげでアメリカ人は避暑地のバカンスを楽しめるようになったわけだが、一方、工事に駆り出された日本人の多くはそのままフィリピンに居残ることになる。彼らの多くが、ちょうど南のミンダナオ島ダバオではじまったマニラ麻（アバカ）栽培へ、その生活の活路を見いだし、最盛期は二万人を超える日系人社会の基礎を築くことになる。

バギオへのベンゲット道は従って、そういう日米の因縁を思い起こさせるものだ。皮肉なことに、後年、そのアメリカ人の避暑地への道を日本軍が退却していくことになる。当時、バギオ周辺が米軍の猛爆撃にさらされたことは言うまでもない。

その猛爆撃にさらされた山岳地帯での出来事が、ひとりのイゴロット族を大金持ちにしたという話は、まるでシンデレラ・ストーリーのような内容だ。

マニラにダンワというバス会社がある。マニラ—バギオ間に路線をもつよく知られた会社で、社長は出身がイゴロット族である。会社設立は戦後だいぶ経ってからだが、山の民がマニラで会社をつくったというので、当初は大変な話題になった。そんな少数山岳民族がふつうならバス会社などつくれるわけがない。資金はどうした、どこから出たと、詮索好きの国民はあれこれと囁き合った。実際、のちにはパリッと背広やバロン・タガログ（ふつう白の男子の正装で手軽）できめていたが、マニラへ出たてのころは、それこそ裸足で駆けまわるような人だったという。

資金源についてはほとんど定説になっているのが、ある日、空から金が降ってきた、というものだ。時は、日本軍がバギオへ、さらに北部山岳地帯へと追いやられていくさなか、雨あられの米軍の砲撃がある場所（山肌か建物かは定かでない）を直撃した時、飛び散る岩石とともに金塊が降ったという。そこはイゴロット族の居住区で、ダンワの社長は偶然にもその幸運を手にしたというのである。

筆者は、この話を一笑に付すことができない。というのも、フィリピンでは財宝を手に入れるケースの九割がたは偶然によるものというのが定説だからだ。一九九七年の春先のことだが、マニラ首都圏の隣、カビテ州で、ある古橋の工事現場からスペイン時代のコインが大量に発見された。橋のたもとに埋め込まれていたというが、さほどの価値はなかったそうで、大騒ぎにはならなかったものの、現地のニュース・ネタにはなったのであった。

三　一九九七年一〇月——マルコス・ゴールド暴露と男の帰還

偶然といえば、筆者の身にも奇怪なことが起こった。

一九九七年一〇月半ば、本書の取材にフィリピンへ飛んだのだったが、到着した翌日の夜、ある酒場でペール・アンダースマックの姿をみかけたのだ。

筆者は、ド肝をぬかれた。いったい何ごとが起こったのか。だが、紛れもなくペールの顔だ。かつてマルコス大統領に呼ばれ、重いアタッシュ・ケースを香港からロンドンへ運んだことを告白した、まさにその男が、いまはヨーロッパへ帰って平和な暮らしを送っているはずの男がフィリピンへ舞い戻っている！

「財宝探査？　そんなものはとっくにやめているよ」

と、ペールはすでにだいぶ酔いのまわった赤い顔を筆者に振り向けて答えた。「どうしてだって？　オーケー、君が信じるかどうかは勝手だが、わけを話そう」

そこは、イザベラ州カワヤンのトレジャー・サイトだった。探査のさなか、まったくみたこともない小さな子供が現れて、ペールの脚にまとわりついて嚙みつきだした。子供は、男の子だった。

「俺を殺そうとしていることは明らかだった」

と、ペールは真顔で話しつづけた。「そう、霊が子供の姿を借りて現れたのだと、俺は思ったよ。それから四ヶ月の間、全身の肌が真っ赤に染まって非常に体調がわるかった。医者はアレルギーだと言ったが、そうじゃない。これ以上、探査をつづけると、必ずや殺されると思った」

「現実にこの世に生きている子供だったのかい」

「もちろん。でなければ殺されると思うわけがないだろう。本当に俺を嚙み殺そうとしたんだよ」

筆者は、うなった。霊の話は苦手なほうだ。が、そういうことがまったくあり得ないと断言するつもりもない。

「フィリピン人の奥さんはどうした？」

「ふたりの子供とノルウェーで静かに暮らしているよ。ふたりとも男の子だ」

ペールは、白い歯をみせた。

「で、フィリピンへはなんの用事で？」

「この国とキング・サーモンの取引をはじめたものでね。それと女房の家のことで」

ちょっとした問題を片づけたあとは、またヨーロッパへ帰るという。

ペールとは数日後に再び会って、今度はお茶を飲みながら〝マルコス・ゴールド〟について話を聞くことになる。

筆者は、かつて疑問に思っていたこと、つまり一九八六年の二月革命前夜、マルコスに命じられて香港からロンドンへ運んだアタッシュ・ケースについて、この機会にもう一度聞いてみたくなった。

「ロンドンの一体どこへ運んだのか、いまなら言えることじゃないのかい？」

そう切り出した筆者に、ペールは大きく首を振り、

「ノー。ノー」

と、二度三度、やや怒りをおびた口調で言い放った。「以前に話したことは全部が事実だ。しかし、アタッシュをどこに運んだのかは、やはり言えない。俺に嘘をつかせないでくれよ」

「やはり、バッキンガム宮殿ではなかったのか」

筆者は、食いさがる。

「ノー」

ペールは、つよく否定して筆者の顔をにらみつけた。「そこまで言うなら、ひとつだけ教えてあげよう。バンクだ」

銀行と聞いて、筆者はうなずく。これ以上追及すると、本当に相手を怒らせてしまうにちがいなかった。

「これ以上は聞かないでくれ。とにかく、この話はこれきりにしないか」

ペールは念を押すように、自分はもうその件に関わりたくないこと、これ以上の秘密を暴露すれば非常に危険であることを強調するのだった。

実のところ、筆者は数ヶ月前から、ある極秘の情報に接していた。つまり、年内（一九九七年）に、マルコス資金に関して大きな動きがある、というものであった。まさかとは思っていたが、一〇月に入るとそれが現実的なものとなってくる。新聞が連日、ショッキングなニュースを一面トップで報じはじめたのだ。

ことの発端はこうだ。

かつて『オペレーション・ドミノ』というテレビ番組で、スイスのチューリッヒにあるクローテン・エアポート、コンコードBの下、ＵＢＳ（ユニオン・バンク・オブ・スイッツァランド）の金庫に眠る一二四一トンの金塊の存在を暴いてみせたのは、ライナー・ジャコビというオーストラリア出身のトレジャー・ハンターであった。ジャコビは、アキノ政権下でＰＣＧＧ（よい政府のための大統領委員会）の依頼を受け、スイスにあるマルコス資金を追及して右記の結論を出したことで知られる男だ。ＵＢＳのコンピューターへのアクセスに成功したことから、緻密な計算にもとづく数字（一二四一）を示してみせたのである。

ところが、最近になって、ＰＣＧＧの現マグタンゴール・レネ・グニグンド委員会が、我々はそんな大量の金塊がスイスにあることは確認していない、と言い出した。ある筋から、ＰＣＧＧ自身が特権を利用してマルコス・ゴールドを秘密裏に取引しているとの情報を得たメディアが、グニグンド委員会を追及した、その質問に対する答えであった。が、それについてインタビューを受けたジャコビは、いまごろ何を言い出すのかと怒り、アキノ政権下でその調査結果は誰もが認めたことだと反論する。そして、よい政府をつくるはずのＰＣＧＧがいまやマルコス・ゴールドを勝手に売買しているとの噂を認める発言まで行ったのである。マルコス資産もついに一〇〇〇億ドルの大台に乗ったと新聞は報じ、渦中の人間の写真が各紙の一面トップを飾った。

そんな騒ぎのなか、一〇月二四日付のインクワイアラー紙（地元有力英字紙）に載った記事は、筆者をして思わず悪寒を催させるものだった。

それは、一〇〇〇億ドルに達したマルコス資産を報じる一方で、アメリカ中央情報局（ＣＩＡ）の情報として、一九八六年の政変劇でマルコスがフィリピンを飛び立った時、あるＣＩＡ

メン（複数）がマルコスの所有になる膨大な金の証書のうちの一部を握ったことにより、CIAもまたマルコス資産の奪取を計画した、というのである。

ペール・アンダースマックのことがそこで再び筆者の頭を占めた。一体、彼はこの時期、何ゆえにフィリピンへ舞い戻っているのか。もう財宝とは関係がないと言いながら、その実、何かのシークレット・サービスに関わっているのではないか、などという疑いが生じてきた。香港で受け取った重いアタッシュをロンドンのどこに運んだのか、それだけは決して口にすることがないのは一体なぜなのか。ロンドンに着いた彼は、空港ロビーのテレビ画面でマルコス政権が崩壊したことを知った。アタッシュの中身が膨大な金の証書であることはわかっている。これをもって逃げれば大金持ちになれると一時迷いもしたが、ふたりの男に見張られていることから断念したという。が、果たしてそうだったろうかという疑問すらわいてくる。

本当は、アタッシュをマルコスの指定する場所へは運ばなかったのではないか。報酬をくれるはずのマルコスがいなくなった以上、命令に忠実に従うのは馬鹿げている。もっと賢い手段があるはずだと、立ち止まって思案したとしても不思議ではない。見張りを巻くことくらいは、ロンドンの街なかへ入ってしまえばむずかしいことではないはずだ。

あるいは、のちにペール自身がCIAに接触をはかったことも考えられないわけではない。とりあえずアタッシュは手元に保管して、どうするかはゆっくりと考えることにしたかもしれない。大統領から報酬をもらえないとわかった時点で心変わりがあったとすれば、そのことは誰にも言わないはずであり、従って、どこへ運んだのかも言えないのは道理というものだろう。

ペールは何かを隠している、という気がした。人には決して言えない事実。それが今回の再燃したマルコス・ゴールド騒動と関わりがあるのではないか。そう考えて再度、ペールと連絡を取ろうとしたが、すでに宿泊ホテルから姿を消していた。

まさに資金のぶんどり合戦と言えるだろうか。それまでマルコス・ゴールドの存在に半信半疑だった国民もいまや疑いの余地はなくなったという声がしきりである。

かつてイメルダ夫人は、夫の選挙資金の一部はヤマシタ・トレジャーに負っていることを認める発言をした。ところが、その真意は国家財産を不正に蓄財したカドを逃れるためであるとみられたことから、真相はうやむやになってしまった。

山下財宝とマルコス資産。

ふたりの実在の人物の名が冠された金塊、財宝群の実体は同一であり、いまや、それをめぐって国際的な争奪合戦がくり広げられているようだ。とすれば、アジア・太平洋と空前絶後のスケールで戦われた大東亜戦争の実態、つまり、領地や資源の争奪戦であったという本質的な部分が、未だ尾を引いているとも言えるだろうか。巨大すぎるマルコス資産の所有もしくは所有権をめぐる争いは、山下財宝の謎を解く鍵でもあるだろう。

マルコス一族が正当、不正を含めてめいっぱい蓄財に精を出したところで追いつかない数字の説明は一体どこでつけるのか。

マルコスが旧日本軍関係者はもちろん、オロフ・ジョンソンなる超能力者まで呼び寄せて行った幾多の財宝探査。巡洋艦「那智」の沈没場所をピシャリと言い当てたのもオロフ・ジョンソンであり、マルコスの財宝への執念は飽くことがなかった。その事実がなければ、誰も膨大な資産の謎を解くことはできないのである。

四　金の秘密のにおい

ところで、古来、財宝とそれを守るようにトグロを巻いている大蛇、もしくは鎌首をもたげる蛇という構図は、財宝にまつわるおとぎ話につきものである。これにはしかし、科学的根拠があるという説を聞かされたのは、やはりフィリピンのトレジャー・ハンター氏からだった。つまり、金というのはそれが大量であればあるほど、いわゆる生ぐさいにおいがすると言われ、このにおい（彼の地ではマランサと呼ばれる）が実は雌の蛇と同じにおいで、それを求めて雄の蛇が集まってくるというのである。ひと目で大蛇のものとわかる卵をみつけたハンター氏は、それこそ青ざめて洞窟から帰ってきた。こんな大きな卵を生んだ蛇はいったいどんな図体をしているのか、思っただけで身の毛がよだったというのだ。蛇を避けるために、ふつうハンターたちは体に油類（ガソリン等）を塗りつける。

私が今回、アルバート・ウマリに会って問いただしたのは、日本兵の骸骨が大量にあったと

いう点についてだった。いつもとはちがう新しくできた日本料理店で、

「日本人にとっては実にセンシブルな問題だ。この点で脚色がないかどうか、確かめておきたいんだが」

筆者は、正面きってウマリに言った。

「事実だよ。たくさんの骸骨があった、数えきれない蛇が這っていた。そんなことで嘘をついても仕方がないだろう」

「まあ、それはそうなんだが」

話をおもしろくするための脚色があり得ないわけではない。だから聞いてみたのだが、筆者にそれを疑う理由はなくなった。

以前、『日本の埋蔵金』（畠山清行著　中公文庫）を読んだ時の記憶が、その時まざまざとよみがえった。帰国して、その問題の個所を確認する。幕末のころ、赤城山のいずこかに埋められたという徳川の埋蔵金についての章。その作業にたずさわった地元民の運命がいかなるものであったか、要点のみ抜粋して記すことを許してもらおう。偶然の生き残り須田八平が長いこと諸国をさすらい、発掘作業中の水野智義を訪ねて証言する場面。

赤城山麓は敷島村の生まれである八平はある日、人手不足をおぎなうための運び手として駆り出されるが、一帯の密林地帯まで油樽を運ばされたのち、さらに、密林内の掘立小屋に泊まって働くことになる。礼は十分にするぞと頭の武士に言われて、八平はその気になった。八平

の役は石炭の運搬で、指定された場所から場所へ俵詰め石炭を運んだ。働き手の数は少なくとも一〇〇名を超えていた。それが仕事の内容によって幾組にも分かれ、数ヶ所に穴を掘っている組もあったが、各組には見張りの武士がつき、別の組の者と話をすることも禁じられていた。

幾日か経ち、作業も終わると、明日は下山ということになるから、今日はご苦労おさめにゆっくり飲んでくれ、と侍から申し渡しがあった。その時ばかりは各組連合の大酒宴となり、夜までつづいて周りがすっかり暮れ切ったころ、今日までの駄賃を払ってやるから名前を呼ばれたら順にひとりずつこい、ということになる。

飲み食いしすぎた八平は、そのころには腹痛と便意をもよおして酒席を抜け出すと、密林の奥のほうへ入ってしゃがんだ。が、自分の組の番がきて駄賃の支払いを受けそこねることのないように、一心に小屋のほうを見張っていた。

そのうち、八平は不思議なことに気づく。呼ばれた者が酒席から立木の間の道をゆき、ひとりずつ小屋に入っていく姿は顔かたちまではっきりとみえるのだが、入っていったきりでひとりも出てこない。すでに四、五〇人は呼ばれているのに、出てくる者がないのはどうしたことか。疑いを深めた八平は、小屋の横手へまわり、立木に隠れてそっとのぞいてみた。夜風にむしろがあおられて、ちらりとみえた小屋のなかに、八平は大変な場面をみてしまう。

「へえ、ありがとうございます」

働き手が受けとろうとして前こごみになったところを、そばに控えた武士が抜きうちに首を斬り落としていたのである。小屋の裏手に穴が掘ってあるのか、崖から蹴落とすのか、人足の死骸の処置までみとどける度胸はなかった。さっと闇に身を隠すと、そこは土地っ子の勘のよさ、見張りの武士の目をかいくぐり、赤城を逃げ下る。いったんはそのまま村へ帰ろうとしたが、逃げた者がひとりでもいるとなると、大騒ぎになるにちがいない。これはめったなことでは家へ寄りつけないぞ、と思い直して他国へ走り、流浪すること十余年。ほとぼりもさめたころかと思って帰ってくる。そして、あなたが金を探していると聞き及び、こうして自分の体験を話しにきたのだと水野智義に打ち明ける。

筆者はこれをフィリピンでの話のあれこれにかさねてみて、思わずうなったものだ。先に記した元海軍大尉O氏の証言もそうだった。秘密保持のためのやり方は、徳川時代からの日本の伝統であったか。

ロジャー・ロハスらの発掘作業は、いよいよ最終段階へ入っていく。

第六章

一　ゴールデン・ブッダ現れる

資金不足から中断していた発掘を再開するため、ロジャー・ロハスは方々へ金策に走る。が、貸してくれる人間がそう簡単にみつかるわけではなかった。すでにいくらかの借金がある友人や親戚からは追加の借り入れを拒まれて行きづまってしまう。そして、ついに自分の家を抵当に入れて、バギオの高利貸から金を借りることになる。

まさしく捨て身の手段でもって一万ペソを調達すると、さらに彼はバギオの市場にいる友人の商売人と会い、一ヶ月間は十分にもつ大量の食料品をローン払いで都合してくれるように依頼する。

アルバート・ウマリの著作はそんな経緯を記したあと、いよいよ発掘再開へと向かう。探査のクライマックスでもあるので、少し詳しくみていこう。

〈一二月一二日までに、我々は全員キャンプに戻り、やりのこしたトンネルの奥の作業を開始した。

九日間にわたって、男たちは骨の折れる仕事にねばりづよく打ち込んだ。

そしてついに、一〇日目、それは一二月二二日であったが、最後のツルハシを振るうと、行く手を阻んでいた土の壁がたわみ、崩れ落ちた。

突然、何か強力な魔術にかかったかのように、彼らは動きをとめ、眼前にあるものをジッとみつめて立ちすくんだ。

「貯蔵室だ」

と、ロジャーが叫んだ。「フシュガミが言ったとおりの貯蔵室があるぞ！」

「おお神よ。すばらしい」

と、私は胸を高鳴らせて応えた。それ以上の言葉はなかった。

「ついにやったんだ」

オリンピオがトンネルに響き渡る大声で言った。そして、しわがれた声で笑いを放つと、面々を振り返った。「これが貯蔵室だ。俺たちの金はこのなかにある」

掘り手たちは目を輝かせ、土と泥に汚れた顔を歓喜の色に染めた。

ゆっくりと注意深く、我々は数歩近づき、貯蔵室の前で立ち止まると、用心して手のひらで触れてみた。それはコンクリートで出来ており、高さ五フィート、幅四フィートほどであった。それから少し退いて、我々は、廊下の行きどまりが重い材木の壁で固められているのをみた。頑丈な丸太が一列に並んでおり、トンネルの幅いっぱいを覆い、丸い天井まで届いていた。

我々は、その壁のそばに寄り、丸太と丸太の細い隙間からなかを凝視した。ランプの明かりで、材木の向こう側はトンネルの延長であることがわかった。およそ一〇〇本ほどの丸太で支えられた内部には強固なシャフトがみえた。

ロジャーは、そこが紛れもなく地図に示されているトンネルの最終点であると判断した。オリンピオは、いま一度、探知機で調べてみた。そして、期待どおりに機械が鋭く反応するのを確かめると、それをロジャーと私にみせた。

高揚した気分で、ロジャーは仲間に貯蔵室の一方の壁をこわすように命じた。

男たちは、また新たな力をふりしぼって作業に取りかかった。

だが、いくらやってみても、彼らのツルハシは空しく、危険なくらい跳ね返されて、壁に傷をつけることさえできなかった。金属的なチリンという音と、ひと打ちごとに小さな火花が散るばかりで、そのことから貯蔵室が厚いコンクリートでできており、おそらく鉄筋の格子で内部が補強してあることを証していた。

大槌《おおつち》があればいいのだが、それは不運にも必要ではないと判断してキャンプに持ちこまなかった。すぐには貯蔵室の内部をみることができないことに失望して、男たちは一歩退き、浮かない顔で首を振った。彼らの渇望はそれほどつよかった。長年の願望がほぼ手のなかにありながら待たねばならないとは！

だが、ロジャーは誰かをバギオに遣って、大槌を手に入れることを請け負った。

私がその役をかって出た。が、その日はすでに暮れかけていたので、翌日、朝早く出発することにした。

ロジャーは、一時休止を告げた。

次の日の朝、私は五時にバギオへ向けて発った。そして、ふたつの新品の大槌をたずさえてキャンプに戻ってきた。

ロジャーが再開を宣し、男たちはすぐに壁をぶちこわす作業に取りかかった。

それは、実に困難な仕事だった。というのも、壁に向かって何百回となく大槌を振るっても、固いコンクリートはびくともしない、まるで難攻不落の城だった。

しかし、我々は男たちを勇気づけ、忍耐づよくやるように励ました。つごう七ヶ月に及ぶつらい厳しい仕事の末にやっと報酬が手に入るのだ。悲願の勝利を目前にしてあきらめてしまうわけにはいかない。全身を汗まみれにして、男たちは大槌を振るいつづけた。

三時間が過ぎ、五時間、一〇時間が過ぎた。そして、一二月二四日の夜明けがきても、彼らはなお、精魂つき果てるまでの作業をつづけていた。

だが、その日の朝も遅くになって、容赦のない打撃はついに効を奏した。突然、大きなひび割れの音がするや、コンクリートの一部が粉砕された。

小さい、コブシほどの大きさの穴が開いた。同時に、大きな歓声が起こった。我々は、さらに彼らを鼓舞し、作業をつづけさせた。さらに激しく大槌を打つ音がこだました、やがて、一フィート半ほどの穴になった。穴は、一インチ（＝二・五四センチ）ほどの厚さの断面をみせていて、コンクリートに埋め込んだ鉄筋で補強してあった。

ロジャーは、叩くのをやめさせた。男たちは、ポカンと開いた穴をみつめた。

「照明を持ってきてくれ」

ロジャーが言うと、それはすぐに届けられた。彼は、ゆっくりと穴をのぞき込みながら内部を照らした。と、不意にあとずさりして、手のひらで鼻と口をふさいだ。大きく目を見開いて我々をみつめ、

「黒い太った男が座っている！」

そう叫ぶようにいった。その声音には、恐怖と興奮が入り交じっていた。「それに、この嫌なにおいは一体何だ」

彼の目はにわかに涙をおび、発作的に咳をした。面食らった我々は、すぐに交替してなかをのぞいた。

オリンピオと私がまずやってみた。と、我々もまた、内部から発散する悪臭をかいで恐怖に飛びのき、すると目にチクチクするような痛みを感じた。そして、咳をすると同時に涙が流れだした。

「あそこにあるのは黒い像じゃないか」

と、オリンピオが叫んだ。「それにしても、なんというにおいなんだ」

「まったくだ。目がやられる」

ベニトがハンカチで目をぬぐいながら言った。「錆のにおいだろう、これは。それに何かが

混じっている。なんというか……」

彼は、言葉につまった。

仲間のひとりが取って替わって、

「血だろう。錆と血液のにおいだ」

と、言った。

「そうだ。血のにおいだ」

ほかの面々も同意する。

それを聞いて、私は身内に雷に打たれたような衝撃が走るのをおぼえた。地下貯蔵室の穴をジッとみつめて、シエラ・マドレ（ルソン島北東部をつらぬく山脈）に住む老年の登山家の言葉を思い返した。

〝暗闇で光り輝くものを手に入れようと懸命になるなかれ。それは災厄となって、あなたに血と涙を流させるだけだから〟

私は、全身を揺さぶるような震えをおぼえた。

神よ、お許しを！

そう独りごちた。そして、論理的に考えはじめた。私にはどうしようもない。私は自分の家を改良したいと望んでいるだけの貧しい男だ。この地下貯蔵室に財宝があったとして、私にはそのわずかな分け前も得る権利がないというのだろうか。懸命な闘いと骨折りの報酬として。

この財宝探査に当たって、我々は何も悪いことはしていない。道徳的な法をおかしてもいない。であれば、どうして罰など被ることがあろうか。

私は、嫌な想いを払いのけ、気持ちを引き締めた。そして、仲間に話しかけているロジャーに注意を向けた。

まだかすかなにおいがただよってはいたが、彼らの目のチクチクする痛みと咳はやわらいでいた。

「いいかい。においははじめは吐き気をもよおしたが、害はない。きっと侵入者を追い払うために貯えられていたガスか酸の類だろう。昔はもっとひどいにおいだったにちがいない。しかし、二五年も地下に閉じ込められて、湿気もあって、だんだん効力がなくなっていったんだろう」

連中は、私の意見に従って、さっそくハンカチやTシャツ、あるいはそのほかのやわらかい布で口と鼻をふさいだ。

それから再び、大槌を振るった。

割れ目はゆっくりと広がっていった。それにつれて、鉄棒を格子状に組んだ補強用の型枠がみえてきた。

そしてついに、コンクリートの壁の残りの部分がたわみ、前方へドシンと大きな音を立てて崩れ落ちた。いまや、地下貯蔵室の内部がすっかりさらけだされた。

我々は、眼前のものを呆然とみつめた。何か不気味で不吉なものを感じて、口も利けなかった。誰もが身動きもならず、全身に震えをおぼえていたのだ。

「何やら、仏像のようだ」

と、ロジャーが叫ぶように言った。

「黒い仏陀《ブッダ》だ」

と、私は応えた。それから、また別のものに気づいて指さしながら言った。「みろ。仏陀のそばに、箱が何個か置いてあるぞ！」

「ある、ある」

と、オリンピオが割り込んだ。「あのなかに金があるんだ！」

魔法にかかったように身動きもならなかった仲間も、やがて落ちつきを取りもどした。

ロジャーとオリンピオと私は、静かに歩を進めた。

黒い像の前で立ち止まると、ロジャーと私は用心してそれに触れた。オリンピオは、像の両脇にふたつずつ積みかさねられた四つの箱のほうに注目した。

像は、座った姿勢をとる男性の姿をしていた。その胴は、胸と腹のところで分かれた衣に覆われていた。頭には装飾的な飾りがほどこされ、顔の表情は穏やかで、目を半ば閉じ、唇に微笑を浮かべていた。

かたや、これも黒く塗られた四個の箱だが、長さ二フィート、幅一フィートと少しで、深さがおよそ八インチあった。

我々は、持参した四つの補充用ランプをともし、その場所がもっとよくみえるようにした。貯蔵室の床一面に淡い緑っぽい粉が散り敷いているのをみたのは、その時だった。数時間前、身体に感じた刺激臭の原因はこれにちがいなかった。そして、いまや無害であることがはっきりしたのである。〉

こうしてついに財宝が発見されたわけだが、ここでトレジャー・ハンターたちが守らねばならない鉄則を著者ウマリは強調する。つまり、発見物の性質を決め、さらにそれをどうするかの主導権は、ファイナンシャー（資金提供者）であるロジャーにゆだねられるということだ。決して争いを起こさないための、それは彼らの不文律であった。

さて、著作のつづきだ。


〈皆、しばらく黙って彼の決定を待った。

ロジャーは、ベニトから鉄梃《かなてこ》を受けとると、像の横腹をかるく叩いた。カンという金属音がした。それから彼は、黒いもので覆われている像の頭部から小さな破片を削り落とした。

「この像は金属でできている。タールで覆われているがね」

そして、ロジャーは箱を指さした。「そっちの箱もタールで覆われているね」

それから即座に、彼は、鉄挺の爪で像の頭をつよめに削りとった。次に、また少し削った。さらに削りとる。と、削りとられた頭部をジッとみつめて、彼は不意にその身を震わせた。面々の顔を振り返って、

「これは金で出来ている」

と、叫ぶように言った。「金だよ!」

ロジャーは、天井を仰ぎ、目を閉じてつぶやいた。「おお、主よ。あなたは我々の祈りに応えられた」

時を移さず、私とオリンピオが像の頭部をのぞいた。

「本当だ、金だよ」

と、私が大声で言った。

代わって、ベニトやそのほかの面々がその部分を先を争ってのぞき込んだ。

大きな喜びに顔を輝かせ、歓声を発しながら、彼らは互いに抱き合い、躍り上がった。

「待ってくれ」

と、ロジャーが大声で制した。男たちは、騒ぎをとめた。

「この箱のなかに何が入っているかを確かめよう」

それから鉄挺をベニトに手渡して、「ベニー(ベニトの愛称)、開けてくれ」

ベニトが最初の箱のフタをこじ開ける間、また新たな緊張の時が訪れた。我々は、黙ってみ

つめていた。

オリンピオがほかの男からツルハシを受けとり、二番目の箱に取り組んだ。早々と、二個の箱のフタはこじ開けられて、するとなかから、きらきら光るものがライトに反射した。再び、彼らは熱狂的な叫びを発した。箱の中身は、二段で三列にきちんと並べられた光り輝く延べ棒であった。

ロジャーがそのひとつを手にし、検査した。

延べ棒は長さ四インチ、幅二インチ半、厚さが一インチ半あった。その表面には、〝Au（金の原子記号）〟マークと〝SUMATRA99.99〟と刻印されていた。

ロジャーは、仲間を振り返った。

「間違いなく、これは金だよ。スマトラからきたようだ」

喜び極まって、我々は歓声を上げ、跳びはねた。ベニトとオリンピオがほかの箱を開けるのにも気づかなかったほどだ。ほかのふたつの箱にも同じように金の延べ棒が入っていた。

ロジャーは、男たちを落ちつかせ、像のほうを持ち上げてみるように言った。

彼らは、やってみた。が、いくら努力しても、一度に二インチ以上動かすことはできなかった。ひどく重かったのだ。

おそらく一トンかそれ以上はあると、我々は見積もった。そして、何か動かす方法を講じなければならないと考えた。

私が提案した。

「パイプの上に木材の台をのせるんだ。そうすると、平らな木のレールができて、像を引っ張っていけるだろう」

「賛成だ」

ロジャーが言い、ほかの面々が拍手で同意を表した。

その時、我々は時間に気づいて驚いた。すでに午後二時になろうとしている。興奮のあまり、昼の食事をとるのを忘れていたのだ。誰がこんな勝利の時に空腹など感じるだろうか。

ロジャーが面々に言った。

「なあ、みんな。今日は、一二月二四日だ。全能の神が我々の祈りに応えて、きつい真面目な骨折り仕事に報酬を与えてくださった。都合がいいことに今夜はクリスマス・イブだから、少し休みをとって感謝の祈りを捧げようじゃないか。そのあとで、パーティーをやろう。メリー・クリスマス！」

皆が、兄弟のような親しさでロジャーを抱きしめた。それから、私と、そしてオリンピオやベニトと抱き合った。彼らの親愛の情がうれしかった。

それから我々は、四つの箱の重さにへとへとになりながらもクリスマス・ソングに元気づけられながら、ゆっくりとトンネルを出た。

皆、故郷を遠く離れてはいたが、その山中でのクリスマス・イブは実に楽しいものになった。

我々は、キャンプ・ファイアを車座になって取り囲み、そして、ロジャーがベニトに言って町で仕入れさせてきたありとあらゆる食べ物をふるまった。ハム、ロースト・ビーフ、焼き豚、フライド・チキン、ピクルスなどで、それらを満腹になるまでラム酒やウィスキーで流し込んだ。飲み食いしながら、周囲の山々やそよ風に向かってクリスマスの賛美歌を声高にうたった。

実際、幸福なひと時であった。すばらしい財宝の発見は我々の身も心も躍らせて、果てしない恍惚をもたらしていた。

そして、クリスマスの夜明けまでにはしたたかに酔いしれて、ロジャーと仲間はそれぞれの寝床へ倒れ込み、大きないびきをかいて眠り込んだ。

二六日。我々は、重い像をトンネルから運び出す作業に取りかかった。まず最初に、八人が通路をつくるために邪魔な土や岩石を取り除く役を割り当てられた。一方、私の提案に従って、ベニトと四人の男たちが強固な材木の台を用意した。そして、オリンピオはバギオへ出向き、強いロープとパイプ、それに滑車を手に入れて戻ってきた。

そうして、像の運び出しがはじまった。大変な努力で、我々はそれを持ち上げ、押し、かつ引いて、うす暗い廊下を通っていった。一度に、一フィートか二フィートしか進めなかった。道のりが果てしなく感じられた。だが、金の輝きは圧倒的であり、我々はへとへとになりながらも懸命に作業をつづけた。

日々が過ぎていった。そして、ついに翌一九七二年の一月二四日、像はトンネルの口を出て、朝の陽光にその輝きをさらしたのである。

二六日の夜、像は、金の延べ棒の入った四個の箱とともに帆布《はんぷ》にくるまれて、ピック・アップ・トラックに荷積みされた。そして、宵闇につつまれて、我々はバギオまで、九〇キロの道のり（この距離についてはほぼブギアス－バギオ間に相当するが、これもカモフラージュのひとつか）をドライブしたのだった。

二七日の午前二時――多くの汗と涙を流させ、幾多の命を犠牲にした戦利品は、ロジャーの家の平和な闇のなかに収められた。

それは実際、苦しい努力の末に、ついに得られた神の恩恵だった。実に計り知れない恵みだった。が、ロジャーと私はもちろん、全員が、黄金の仏像や金の延べ棒を発見したことをいまこの瞬間から秘密にしておかねばならないことを知っていた。それは、強固な材木が杭打ちされてあったトンネルのもう片方（フシュガミの地図〈巻頭〉参照。〝もう片方〟はゴールデン・ブッダの★印の対面）のことも含めてのことだった。その杭打ちの奥にも、二段で二列にきちんと積まれた金属製と木製の箱をみたのだった。が、我々はその中身が何であるかを推測するだけに留めておいたのだ。というのも、発見した財宝にあまりに興奮しており、とりあえず、それを現金に替えて生活の足しにすることが先決だったからだ。

トンネルのもう片方は、いつかまたの機会にとっておくことにしたのだった（このこともウマリがトンネルの正確な場所をカモフラージュしている理由であることは前述した）。

だが、念のために我々は、トンネルの入口をダイナマイトで崩し、さらに土砂や石でふさいだ。またの機会がくるかどうかは、神のみぞ知るである。〉

二　恋愛スキャンダルとマルコス

ここで、大急ぎで当時のフィリピンの情勢をみておこうと思う。

『マルコス・ゴールドを追って』の著者、アルバート・ウマリは、以前にも記したように反政府運動の活動家であった。そのことがのちのち、彼をして投獄、拷問という大変な辛酸をなめさせるのだが、ゴールデン・ブッダ事件とも関係する当時の世相は一応述べておく必要があるからだ。

一九七〇年暮れのある日、ウマリは友達のモン・C（仮名）にひそかに会う。マニラ首都圏は下町の繁華街、キアポ地区の裏通りにあるカフェで、早朝、勤め人が事務所へ向かう時刻。

〈モンは、軍情報局（ＭＩＳ）の陸軍中尉の位にあった。彼は、私（ウマリ）に個人的に極秘の情報をもらすことで自分の身を危険にさらしていた。

「先週、お前さんも例の大学生集会に参加していたんだろう？」

と、モンが聞いた。イースト大学やファーイースタン大学近辺であった、この間の学生集会のことを言っているのだ。それにはマニラおよびその周辺の大学から何千という学生が参加していた。

集会の果ては、警察や軍と学生たちが暴力で対決するに至った。数人の激高した学生が石や火炎ビンや薬箱爆弾を投げたことから、その報復に、好戦的な警官や兵士が武器を使ったのだ。ふたりの学生が血まみれになって路上で息絶え、一二人以上が傷つき、その何人かは重傷だった。その他大勢が、警棒で殴られてケガをした。

「最近のことだが、軍情報委員会と国家情報保安局は、過激派の活動家のうち、まだ知られていないやつの個人情報と活動歴について十分なデータを集めている」

と、モンは言った。「いまや彼らに関する完全な書類が整って、いつでも国家転覆罪、および反乱罪に陥れられるようになっている。すでに何人かが逮捕されているのを知っているかい?」

「聞いてはいる。で、どうなんだ、俺については?」

「こうして会うことにしたのはなんのためなんだ」

モンは、真っすぐに私を見据えてつづけた。「情報機関の能力を過小評価してはいけないよ、アル。ああいう集会で目立った行動を取りさえしなければ、彼らだってお前さんを追いかけたりはしないさ」

「なるほど」

「すべての活動からいますぐ完全に手を引くことだよ。手遅れにならないうちに、出口をみつ

けることだ。少なくとも、しばらく静かにしていろよ」〉

友達としての忠告だと、モンは言い残して腰を上げる。

だが、ウマリはみずからの貿易業にたずさわりながら急進的な学生運動への支援をやめなかった。当時のマルコス政権について、彼は次のように批判する。

〈フェルディナンド・E・マルコスが一九六五年の大統領選挙に勝ってからというもの、彼の親戚や友人たちが最良のポストを狙って荒っぽい争奪戦をくり広げた。政府歳入に関する機関、例えば、預貯金および融資の機関である。これらのエージェントもしくは機関から、マルコスとその親戚・縁者などの取り巻き（クロニーと呼ばれる）と共謀して、合意した大きな契約や貸付額のすべてに少なくとも二〇パーセントの〝カット（さっぴき）〟や〝コミッション〟をつけて引き出した。

政府購入品の高値から、雑多な重要プロジェクト、とくにインフラ（基地）整備事業から、世界銀行やIMFに認められた融資からの何百万ドルという着服、それにアメリカからの巨大な援助金から、マルコスとその取り巻きは大衆の貧困と引き換えに膨大な富を築いたのである。しかも、それらはほんの一部にすぎず、ほかにもさらにダーティーな手口で、組織的に国家財産を略奪したのだった。

もうひとつの驚くべき傾向は、ヒトラーのように軍隊を思いのままに操ったことだった。マルコスは権力を手に入れるやいなや、まず最初に自分自身が国防長官（ＳＮＤ）におさまった。そして、将校連中、なかでも軍の最高幹部を甘やかし、ずる賢くなだめすかして、彼らの信頼と忠誠を得ようと努めた。大勢の将校がすみやかに上の階級へと昇進した。

彼らの給料も突然、急激に上げられた。勤続二〇年が限度と国の国防条例で定められているにもかかわらず、それを過ぎた老将校も留まることを許された。おのずと彼らは大いに感謝してマルコスを崇めたてまつり、その命令に従い、いわばロボットのように盲目的な服従を誓った。明らかに、これらの策略的な手段は大きな計画の一部にすぎなかった。マルコスは、どんな偶発的な事件が起こっても軍を頼りにできるような体制をつくりたかったのだ。

一九三三年にヒトラーは言ったものだ。「軍を支配する者がすなわちドイツの主人である」

フェルディナンド・マルコスなる人物は、その誇大妄想家の貪欲な家臣のようだ。

一九六九年の大統領選挙で、マルコスとその一派は、国の財産のほとんどを奪い、使い果たした。何億ペソにものぼる経費を浪費し、その結果、一九七〇年にはかつてなかったひどいインフレをまねき、対ドル交換レートが、一ドル三・九〇ペソから一ドル六・八五ペソにまでなった。

忌むべき問題のすべては、国の富、財産が少数の手のうちに集中していることだった。考えてみれば深刻な話だ。まるで重い雲が人々の生活に覆いかぶさっているようなものだ。この国

はさらに暗い方向へむかっていくという予感があった。最悪の事態はこれからくる。〉

ウマリの著作は、このあと、延々とマルコス大統領とアメリカ人女優ドビー・ビームズの恋愛沙汰を描写する。ちょうど彼らが北部ルソンのトンネルを掘り進んでいるころ、つまり、一九七〇年一〇月初旬に暴露された恋愛スキャンダルだ。国全体を揺り動かし、さらにはその悪評ゆえに国際的な注目を集めた事件で、フィリピン政府の大変な恥さらしであった、とウマリは書く。

マルコスとドビーの出会いは、一九六九年の大統領選挙に向けてマルコス自身の宣伝用に、ある映画がつくられることになったのがきっかけだった。『マハリカ』と題された映画で、ハリウッドから訪比したドビーの役柄は、大戦中、日本軍にレイプされそうになった彼女（村の若い娘）が、マルコスとおぼしき抗日ゲリラ隊長によって助けられたことから、ともに抗日の闘いをくり広げるというヒロイックな物語である。あまりに露骨なマルコスの自画自賛映画というほかはないが、その準主演女優にマルコスは手をつけて、はじめのうちは別荘であれなんであれ彼女が欲しいものはすべて買い与え、蜜月を過ごしたものの、やがて噂は広がり、イメルダ夫人に知れてその逆鱗に触れ、さらにはプレスの知るところとなる。マルコスはそこで判断を誤ったか、あわててドビーとの関係を否定、一切関わりがなかったことにすべく強権を発した。そのことにドビーが腹を立て、アメリカ大使館をも巻き込んでプレスに一切合財を暴露したことから大騒ぎとなり、国外へ追放されたのちもドビーは大統領にこっぴどく復讐する。

映画でのヒロイズムは一転、地に落ちたのだったが、権力の絶頂にありながら一方でスキャンダルにまみれるというマルコス大統領の側面は、その政権の本質をのぞきみる材料として無視できない。つまり、恋愛にしろ政策にしろ、非情な強権をもってすることで、一介の人間の〝五分の魂〟から報復を受けるという性格だ。ドビー・ビームズとの恋愛スキャンダルがまださめやらぬうちに、またぞろ巨きなスキャンダル、ゴールデン・ブッダ事件を招来することになるのだが、これもまた小さな一トレジャー・ハンター、ロジャー・ロハスの権力への抵抗であり、まさに命をかけた闘いがくり広げられるのである。

第七章

一　黄金の仏像――不吉な足音

歓喜につつまれた発掘成功のあと、ロジャー・ロハスほか面々はまた新たな困難に直面する。金の延べ棒と黄金の仏像、ゴールデン・ブッダが目もくらむような財宝であったことから、今度はその売却にさまざまな紆余曲折《うよきょくせつ》、いや予想もしなかった事態を引き起こしていく。

アルバート・ウマリはその当事者として、彼らが直面した問題がいかにやっかいな代物であったかを、著作『マルコス・ゴールドを追って』のなかでこと細かに描いている。

金の延べ棒のほうは、とりあえず面々に二本ずつの分け前を与え、それぞれが信用のおける買い手を探すことにしていったん解散する。早く現金にしたいからといって安い値段では売らないこと、延べ棒をどこで手に入れたかは決して明かさないこと、そして、いい買い手についての情報を交換することなどが取り決めてあった。

問題は、黄金の仏像であった。

その買い手は相当な経済力をもつ人間でなければならない。が、そういう人物は実にまれであり、そう簡単に接触することはできない。しかも、財宝の秘密と安全を守りながら引き取り手を探さねばならないとなると、非常な危険をともなう。

ウマリは、そのことをロジャーと話し合い、親しくしているアメリカ財宝探査協会（TH

A）の世話でマニラのアメリカ大使館に保管してもらうことを提案するが、
〈「そうあわてることはないよ、アル」
と、ロジャーは私（ウマリ）を制して言った。「とにかく騒ぎ立てないことが危険を少なくするんだ。そういう動きは状況を複雑にするだけだよ」〉

ウマリは、結局、ロジャーの意見に従うことになる。

その後、ふたりはバイヤーを探して方々へ出かけていった。そして、見込みのありそうなのがみつかると、バギオのロジャーの家まできて、財宝を調べてくれるように依頼する。

最初は、ダグパン市（パンガシナン州）の商人で、延べ棒が九九・九九パーセントの純金であることは認めたものの、持ち金がただの三本分にすぎなかった。次は、ブラカン州からきたバイヤーだったが、その値踏みは低すぎた。

そこで、ウマリはいったんバギオをあとにする。マニラに出向き、インド人のバイヤーで、かつてクロンダイクの発掘で得た延べ棒をウマリが売りさばいた相手、ジャーウェル・シンに会うためだった。

一方、ロジャーはバギオの方々の市場を訪れて、今回のプロジェクトのために大量の食糧を都合してくれた商人たちに、三本の延べ棒で得た現金でもって返済する。それぞれが二〇パーセントの利息をつけて返してもらったので、彼らはご満悦であった。同時に、彼らはロジャーがきっと大きなものを掘り当てたにちがいないと推測する。気前よく借りたものを返したことで、そんな憶測と噂を呼ぶことになったのである。噂は市場じゅうに行き渡り、町へと広がっていった。

それは、やがてイゴロット族にも伝わった。町へ産物を売りにきていた女たちが噂を村へ持ち帰り、トンネルで働いた者たちの耳にも入ったことから、ちょっとした騒ぎが持ち上がる。ロジャーたちはその後、こっそりとトンネルに戻り、成功の事実を秘密にしておくために彼らを寄せつけないでおいたにちがいない、と。財宝がみつかったのであれば、当然、彼らも分け前にあずかってしかるべきだ、と。

そこで、六人が徒党を組んで、噂が本当かどうかを確かめにロジャーの錠前店へ押しかけていく。ロジャーは、彼らを快く迎え、発見物についておよそのところを話した。単に資金不足から中断したのであって、再開する時も君たちを雇う余裕がなく、一二人のメンバーでやるしかなかったと説明し、いずれ分け前を考えるつもりだから、この事実は秘密にしておいてほしいと頼んだ。ロジャーが正直な人間であることを納得して、彼らは村へ帰っていったが、噂はそれからも広がりつづけた。

多くの友人や知り合いが金を貸してくれと申し出て、うるさくつきまとった。時には、面識もない貧しい人々がやってきて、ロジャーに手を差し出した。飢えや病気に苦しむ人間に対しては、彼自身の子供時代がそうであっただけにどうしても断りきれず、他人には絶対に話さないことを約束させたうえで、少しずつお金を与えた。

さらにやっかいなのは、身辺をかぎまわる警察官だった。その追跡を逃れるためにある程度の金を渡さねばならず、それがたび重なって、ロジャーはしだいに危険を感じはじめる。

噂はまるで山火事のように広がって彼を悩ましつづけた、とウマリは記す。ただ状況がこれ以上悪くならないようにと願い、祈るほかはなかった、と。

だが、事態はしだいに悪化の一途をたどることになる。その年（一九七一年）の二月二六日、午前九時ごろ、ふたりのがっしりした男がユエル錠前店にやってきた。明らかに見知らぬ人間であり、薄気味のわるい顔立ちをしていた。応対に出たロジャーに、彼らはダグパン市からきた警察官であると告げたが、制服は着けておらず、また名前も名乗らなかった。

腰を下ろすと、背の高いほうが何やら布につつんだものを無造作に取り出して、目の前のテーブルに置いた。包みをほどくと、それはピストルだった。三八口径の自家製（産地はセブ島。信頼性に乏しい）で、ふつうなら警察官がそういうものを使うことは考えられなかった。

〈「我々は、あんたが錠前や拳銃を修理するプロだと聞いている」

ノッポのほうが言った。「この拳銃は撃針がいかれていて、引き金の調子もおかしい。だから直してほしいんだ」

「それは聞き違いですね」

と、ロジャーは返した。「私はガンのことは知らない。ただの錠前屋ですよ」

「そうは言っても、やってみることくらいはできるだろう」

もうひとりのほうが口を差しはさんだ。「あんたの手先をもってすれば、奇跡的に直るかもしれんだろう」

ロジャーは、首を振った。いかなる拳銃も火器類もまったく扱ったことがない、と。だが、ふたりはいらいらするほどしつこかった。最後は嘆願するように、ほんの一日か二日、預かって検査してみてくれないかという。その間に直せると思うが、もし直っていなければ、我々が戻ってきて引き取ることにする、と。〉

頑固な訪問者が去ったあと、ロジャーは拳銃を無造作に布につつみ、デスクの引き出しにしまい込む。そのうち戻ってきて、手つかずだったことを知るだけだと、もうそのことは気にかけまいとした。が、仲間のベニト（錠前店を手伝っているトレジャー・ハンター仲間）は、そんなものを受けとるべきではなかったと警告する。彼らは名前さえ名乗らなかったし、本物の警官であるかどうかもわからないではないか。拳銃など、ただ持っているだけで面倒を引き起こしかねないと言われて、ロジャーはハタと目がさめる。あわててふたりを追いかけて外へ飛び出し、方々探しまわったが、ついにみつからなかった。

心配したとおりのことが、早くも次の日に起こってしまう。

〈正午ごろ、自家用ジープが突然店の前で停車して、四人の男たちが降り立った。ふたりは警官の制服をつけ、あとのふたりは平服だったが、彼らはすばやくジープを降りると店のなかへ押し入ってきた。前の日、拳銃を置いていったふたりの男は彼らのなかにいなかった。

明らかにリーダー格とわかる平服の男が警察手帳を振りかざしていった。

「警察だ。お前がロジャー・ロハスか」

「イエス」

ロジャーは、その場に釘づけになったまま答える。「俺になんの用ですか」

「我々は、お前が拳銃を持っているという報告を受けた。持っているんだろう?」

「ちょっと待ってくれ。俺は拳銃など持っていない。ただ、昨日、ふたりの見知らぬ男が置いていった壊れた拳銃なら、ここにある。みせましょうか」

ロジャーは、すぐさま机の引き出しを開け、包みを取り出して机の上に広げてみせた。拳銃が現れると、彼らはニヤリとした。

「ライセンスを持っているのかね」

「なんですって?」

驚いて、ロジャーは返した。「それは俺のものじゃない。さっき話したふたりの男が無理やり修理させようとして置いていったんですよ。ダグパン市の警察官だと言うので信用したんだ」

「聞き飽きた言い訳だ」

と、リーダー格の男は部下に合図を送りながら言った。

「拳銃の不法所持で逮捕する」〉

ふたりの男に腕をとらえられたロジャーは、これはデッチ上げだと抗議し、抵抗する。と、リーダー格が、ことを平穏に収めるにはなんらかの話し合いが必要だともちかける。ロジャーには、すぐに相手の意図がわかった。彼は、この手の下劣な警察のやり口を知っていた。案の定、一万ペソで忘れてやろう、ともちかける相手に、三〇〇〇ペソしか持ち合わせがない、とロジャーは応じる。長い根気のいる交渉の末、五〇〇〇ペソでやっと折り合いがつくと、四人の警察官は急ぎ足で去っていった。

だが、こんなことはまだ序の口だった。そのころ、仲間のひとりであるサイモン・ダマセンは、マニラのチャイナタウンで延べ棒を売ろうとした相手がたまたま性悪な中国人であったがために、大変な事態に陥っていた。低すぎる値踏みに首を振り、店を出たダマセンを中国人が逆恨みして、界隈のゴロツキ警察官に密告したのだった。

あとをつけられ、軍用ジープで拉致された彼は、人里離れた山中へ連れ込まれ、リンチを受ける。悪徳警官らは、ダマセンが一本の延べ棒しか持っていなかったことから、まだどこかに隠し持っているにちがいないと疑い、また、それをどこで手に入れたのかを知りたがった。一本の延べ棒はただバイヤーにみせて値踏みさせるだけのサンプルにすぎないと、連中は推測したのだ。ベンゲットの山中で偶然に拾ったものだという言い訳はもちろん信じてもらえなかったが、ロジャーたちのことは決して口を割らないと心に誓っていた。

殴る蹴るの暴行を加えられたダマセンは、ある手段を思いつき、彼らを隠し場所へ案内すると言ってクロンダイクへ連れていく。かつて、発掘に成功したその場所には川が流れている。そこへ飛び込んで闇に紛れると、助かる見込みがあると考えたからだ。そして、彼はうまく連中を導いて、隙をみて飛び込むことに成功する。が、連中がぶっ放した拳銃の弾が運わるく肩甲骨をつらぬいて、どうにか陸へ上がって歩くことはできたものの、夜が明けて農夫にみつけられた時はすでに瀕死の重傷を負っていた。

連絡を受けたウマリは、大急ぎで彼のもとへ駆けつける。すべての顛末をダマセンが話す間、頼みの医者を呼びにやるがこれも運わるく不在で、やっと連絡がついた時はすでに手遅れだった。

ひとりの仲間の死は、さらに打ちつづく不幸な事態の予兆でもあった。

二　ゴールデン・ブッダ奪わる

金の延べ棒に関しては、その後、順調に売りさばかれていった。アルバート・ウマリがみつけてきた宝石職人が六〇本のうち四〇本を一本当たり一万五〇〇〇ペソで引き取ってくれたので、ロジャーたちは当分の生活に困らなくなったばかりか、イゴロットの村を訪れて約束どおりの分け前を与えることもできた。

だが、そうした気前のよさがさらに噂を広げることになったとは皮肉であった。ロジャーがあまりに人のよい正直者であったことが、巨大な財宝を守るには逆に災いしたと言うべきだったか。高原の別荘地、バギオが暑季（四、五月）には第二の首都となることも、噂が政府の首脳部に届きやすくした理由だったにちがいない。それがマルコス大統領の耳に入るまで、そう時間はかからなかったのだ。

ロジャーたちは、まさか噂がそこまで浸透し、しかも大がかりな陰謀が準備されているとは考えもしなかった。というのも、見込みのあるバイヤーがアメリカ財宝探査協会（ＴＨＡ）の紹介でもって現れる可能性があったことや、のちに陰謀の手先であったことがわかる日本人、タカシ・ウエハラがバイヤーを装い、巧みな演技で期待をもたせるなど、ゴールデン・ブッダの保障より売却に心を奪われていたからだった。

日本人、タカシ・ウエハラが果たした役割について、およその輪郭を述べることからはじめよう。長期不法滞在者で素性のはっきりしないウエハラに白羽の矢が立てられた経緯はわからない。ただ、当局に利用されるに格好の人間であったことは確かだ。その訴えによれば、ゴールデン・ブッダを掘り出したのはウエハラ自身であり、トンネルから出したところで武装したロジャーたちのグループに強奪されたことになっている。

強奪されたと訴えた人間が、後日、ロジャーのもとへバイヤーを装ってノコノコ出かけていくこと自体、すでに不可解な話なのだが、ある理由からどうしてもそうしなければならなかった。その理由とは、ゴールデン・ブッダの写真を撮っておきたい当局の意向と、実際に掘り出したのは自分であると主張する日のために、その形状をしっかりとおぼえ込んでおかねばならなかったからだ。ただ、そういう手の込んだことをしたにもかかわらず、ウエハラの訴えはその後、不問に付される。計画そのものが思わぬ事態へと発展していったことで、たいした意味をなさなくなってしまったからだ。

従って、そのような日本人の存在とその動きについて、ウマリの著作をそのまま写しとる必要はないだろう。ただ、確認しておきたいのは、当局とは国家警察軍のもとにある犯罪捜査局（ＣＩＳ）であることだ。ことを起こすメンバーは、すべてそこからの指令のもとに動いていた。

〈一九七一年四月五日。

バギオの丘陵地帯には濃い霧が立ちこめ、ゆっくりと斜面を這い、道路脇や曲がりくねった道路に吹き降りていた。

暗く静かな、うす気味のわるい夜だ。オーロラ・ヒルの東斜面に建つ三階建てのロジャーの家は、這う霧を通してあたかも幽霊屋敷のような不気味さを呈していた。

午前二時過ぎ。

軍の車両が二台、幹線道路からそれて角を右に折れ、狭い道にそってオーロラ・ヒルに向かっていた。坂道を半分ほどいったところで停車すると、霧をつらぬいていたヘッドライトが消えた。乗員たちは静かに降り立つと、音を立てずにロジャーの家へ忍び寄った。

最初のノックに反応したのは、居間で寝ていたベニトだった。ロジャーとその家族は奥の部屋でとうに眠りについている。一体、こんな時間に誰がノックできるのか、ベニトが考えながらしばらく座り込んでいると、再びノックがくり返された。執拗で強いノックに、不安がよぎる。

彼は、寝室のロジャーを起こそうとした。立ち上がり、歩き出そうとした時、ロジャーが寝室から出てきた。彼らは一体何者だろうかと、ふたりは囁き合う。ノックの音がさらに荒々しくなり、ドアの枠がはげしく震えた。居間でベニトとともに寝ていたほかの者たちも、ロジャーの妻、ヴィッキーも同時に驚きの眼で起きてきた。

「どなたですか」

ロジャーが大声で尋ねた。

「ＣＩＳの者だ。ここにバギオ裁判所の捜査令状がある。ドアを開けろ」

荒っぽい返事に、ロジャーはたじろいだ。指示されてベニトが明かりをつけると、時計は午前二時三〇分を差していた。

「捜査令状をドアから差し入れてくれ。そうすれば確認できる」

と、ロジャーは要求した。

「駄目だ。ドアを開けろ。そうしたら見せてやる」

ロジャーは、迷い混乱した。この男たちが当局の人間を装った犯罪者でないと誰が断言できるだろう。いずれにしても、彼らがゴールデン・ブッダを目当てにきたことだけは確かだった。

「開けるのか開けないのか」

同じ声がわめきたてる。同時に、戸口の脇の窓のすだれが音を立ててすべり落ち、下の隙間からアーマライト・ライフルの銃口が差し込まれた。

開けないと武力を行使するとの脅しが相変わらずのノックにつづく。ロジャーは、ついに観念してドアを開けた。

四人の男たちがなだれ込んできた。この四人は、のちの調査書で次のメンバーであることがわかっている。

ヴィクトリアノ・デ・ヴィラ二等軍曹

フランクリン・カシミロ特務軍曹
ボニファシオ・タブリリア軍曹
ロメオ・アマンセック（大統領警護隊へ派遣されたフィリピン海軍所属の潜水夫。ＣＩＳ要員と偽る）

デ・ヴィラがロジャーに捜査令状をみせた。その間に、タブリリアとアマンセックはベニトを押さえ、ほかの者たちはアーマライト・ライフルで押し立てられた。

ロジャーは、書類を入念に調べ、それがバギオ裁判所第一審のピオ・Ｒ・マルコス判事により発行、署名されているのを確認した。

デ・ヴィラはロジャーに、時間の無駄であるから早く仏像の正確な場所を示すように言った。寝室の隅にある大きな食器棚。それは、錠がかけられていなかった。デ・ヴィラとカシミロがすぐに食器棚に近づき、それを開けた。そして、そこに静かに鎮座している黄金の仏像をみた。

ふたりは、それを動かそうとした。が、とても手に負えるものではなかった。そこで、デ・ヴィラはカシミロに命じ、外で待機している要員を呼ぶように言った。彼らは飲料ビンなどの運搬に使う手押し車を用意しており、八人の兵隊がそれを押して荒々しく入ってきた。そして、非常な努力をして仏像を食器棚から床に降ろした。

その時、バギオ警察署長のヴィクトリアノ・カラノ中佐が不意に食堂に姿を現した。ロジャーの妻、ヴィッキーがソファにいて両手で顔を覆って静かに泣いているのをのぞき込んでから、中佐は椅子に腰を下ろした。彼は、普段着のジャケットをつけており、みずからの階級を示すものは何もつけていなかったので、この襲撃班のリーダーであるとはとても思えなかった。ただ、そこに腰かけ、成り行きをみつめていた。

寝室では、デ・ヴィラが仏像の首の線を調べていた。それはまわすことができ、取り外しが可能であった。彼は、頭部を両手で握り、右に力づよくひねった。頭部がゆるみ、さらに二回ほどまわすと、持ち上げることができた。と、光り輝く宝石の粒が頭部の中空からこぼれだし、床に落ちて騒々しい音を立てた。

デ・ヴィラと兵士たちはあまりの驚きに不意を打たれ、足元に散らばった宝石を呆然とみつめた。やがて、彼らは宝石をすくい上げ、元にもどしはじめた。

ロジャーは、それを手伝おうとしたが、ふたりの兵士に制止された。彼には、わかっていた。というのは、五日前の三月末、バイヤーを装って訪ねてきた日本人、ウエハラが仏像の首の線を入念に調べ上げるのをみてヒントを得、あとで頭部をまわしてみて取り外すことができるのを発見していたからだ。内部にはダイヤモンド類が詰め込まれており、翌日、私（ウマリ）たちもその報告を受けて、歓喜の叫びを上げたのだった。

仏像の頭部が元の位置に戻されると、彼らは搬送に取りかかった。兵士たちがあまりに重い像を運び出すのにやっきになっている間、デ・ヴィラ、カシミロそしてアマンセックは、家中のすべての部屋をくまなく捜索した。

台所の壁に掛けてあった日本刀と遊底のはずされた二二口径のライフル。

テーブルの引き出しのなかの二二口径の弾薬二〇ラウンドとライフルの弾倉。

寝室のタンスのなかに衣類とともに積んであった一四本のスマトラ刻印の金塊（これはのちの押収品目を記した書類では真鍮《しんちゅう》の延べ棒とされている）。

襲撃部隊は彼らの特命の遂行に四〇分あまりを費やした。その間、首領のカラノ中佐（バギオ警察署長）は、眼前の出来事を平然とみつめ、ただ終わるのを待っていた。

黄金の仏像とそのほかの押収品のすべてを積み込んだジープが夜の闇へ消え去ると、ロジャーは力なくソファに腰を落とした。かたわらの妻、ヴィッキーはそれまで圧し殺していたものを一気に爆発させるかのように狂気じみた声で泣き出した。ベニトとロジャーのふたりの弟たちもまた、絶望のあまり床にくずれ落ちた。悲しみに首をうなだれ、目はうつろに床へ向けられて、長いこと唇をかみしめたままであった。〉

三　「命じたのはマルコスだ」

その日の夜明けを待って、ロジャーはバギオ警察署へ出向いていった。襲撃部隊による盗難の訴えを起こすためだった。

だが、彼は、警察署長のカラノ自身が襲撃の指揮をとったことを知らなかった。

ロジャーの訴えは、ふたりの刑事と捜査部主任のアウグスティン・ガラセ大尉が担当することになった。彼らは、目撃者を尋問するとともに、家中から指紋を採取して、仏像の存在とその本当の持ち主はロジェリオ（ロジャー）・ロハスであることを確認し、捜査報告書をカラノ署長に提出する。が、ガラセ大尉自身、上司のカラノが襲撃に加わり、そのリーダーであったことに気づいていなかった。カラノ署長は、その事実を隠して部下に事件の捜査を命じていたのだった。

また、ロジャーは、バギオ警察に被害を届け出たあと、その足で捜査令状を出したという裁判所判事、ピオ・R・マルコス宅へ向かう。そして判事に、襲撃部隊が持ってきた令状は本当に刑事が署名したものかどうかを尋ねた。

判事は、その話し合いのはじめから、むっつりとして冷淡な態度だった。ロジャーは、肯定の返事を聞くと、家宅捜査のやり方がまるでゲシュタポのようだったと抗議し、すでにバギオ警察署に申し立てをしてきたことをつけ加えた。

〈すると、マルコス判事はカッとして口走った。
「あなたはその件について沈黙を守ったほうがいい。仏像の押収を命令したのはプリンスだ。あなたがその件を警察に訴え出たことを知ったなら、犯罪捜査局（ＣＩＳ）はあなたとあなたの仲間をすべて殺すだろう」

脅迫に、ロジャーは身震いした。

判事は、声を落としてつづける。

「しかし、もしあなたが私の忠告に従って沈黙を守るなら、私はＣＩＳと掛け合って、あなたがいくらかの償いを受けとれるように取り計らうつもりだ」〉

だが、ロジャーは答えなかった。ただ、自分の置かれている状況だけは理解できることから、判事の警告に深く悩みながら家路についた。

ピオ・Ｒ・マルコス判事は、マルコス大統領の父方の伯父に当たる。そして、判事が口にしたプリンスとは、この時期、避暑地にきて執務している大統領その人であることがいまや明らかであった。

家に帰りつくと、ロジャーはすぐに妻のヴィッキーに、自分たちの置かれている状況について話した。結論は、いますぐ身の回り品をまとめ、子供たちとともにしばらく彼女の姉の家へ避難することであった。そして、ロジャー自身はどこかほかの、たぶんヌエバ・エシハ州、カバナツアンに住むアメリカ財宝探査協会（ＴＨＡ）顧問のウィリー・バルガスのところに世話になるつもりだと告げた。

時間がない。ヴィッキーは命令に従い、急ぎ旅支度に取りかかった。

午後三時半、ロジャーは用心深く妻とふたりの息子をバス・ターミナルまで送っていき、大型バスに乗り込んで出発するところまで見届けた。

　悲報を聞かされたアルバート・ウマリがマニラから駆けつけたのは、ロジャーが妻たちをバス・ターミナルまで見送って戻ってくる少し前のことだった。事情を聞いたウマリは、とりあえずロジャーとふたり家を出、錠前店に立ち寄ってベニトたちに留守を頼んでから、身を隠すつもりのカバナツアンへ向かった。

　その道すがら、ウマリは出来事の一部始終をロジャーの口から聞くことになる。彼らが長い苦しい闘いを覚悟したのは、この時だ。もとより反マルコス政権の活動家であるウマリは、決して権力に屈しない強固な意志の持ち主である。そのことが、当局にとっては誤算だった。ロジャーのような一介のトレジャー・ハンターなど、脅せば簡単に片がつくと思っていた大統領ほか権力者たちにとって、それは思いもかけないことだった。


〈その夜、無事カバナツアンのウィリー・バルガス宅に身を置いたロジャーは、翌日、あとをまかせたベニトから、前夜、一団の兵隊とＣＩＳ要員がやってきて、ロジャーと彼の家族を探しまわっていたという知らせを受けた。隣近所の家をノックして、ロジャー一家の行方を尋ねまわっていたというのだ。家のなかは荒らされていない。窓や扉の鍵もそのままにしていったという。まさしく、間一髪の逃避行であった。

　一方、アウグスティン・ガラセ大尉は、一件の調査を進める過程で、次の事実に気づいていった。警察署長のカラノ中佐がロジャー宅の急襲の指揮をとったこと。その後、黄金の仏像とそのほかの押収品はすべてホルムス基地にあるカラノ中佐の住居へ運ばれて、そこのガレージのなかに隠匿されたこと。そして、それらは警察および軍のチームによって交替で監視されていること、等である。

ガラセ大尉は、カラノ中佐が自分の家に押収品を保管するのは異常なまでの規則違反であることを知っていた。それらは、まず裁判所内に保管されるのが常識であったからだ。しかも、カラノは彼に真実を告げることなく捜査に当たらせた。それやこれやをつなぎ合わせると、ガラセ大尉は、カラノとピオ・R・マルコス判事の背後に黄金の仏像に非常な関心をもつ権力者がいることを理解せざるを得なかった。そして、それが誰であるかを推測することはいとも簡単なことだった。

この件の調査を続行すれば、みずからの職業的破滅と個人的な災難を招く。そのことがよくわかった時点で、ガラセ大尉は一件の放棄と沈黙を決め込んだのである。〉

だが、ロジャーの訴えが取り下げられない以上、事件は独り歩きをはじめ、波紋を広げていく。その渦のなかで権力者たちが何をやったかは、おそらく現代世界史における悲劇、いや喜劇の最たるもののひとつに数えられてよいほどのものであった。

第八章

一　ババラナの地、黄金の喜劇

国民性、といわれるものがある。それぞれの国、民族にある独特の性質のことだが、フィリピンに関してもさまざまな言葉でそれは語られる。

例えば、彼らはシリオソ（深刻さ、もしくは深刻な人）をきらう、と言う時、もちろん個人差はあるにしても、よく納得がいく。物事をくよくよ考えてばかりいて、解決の術がみつけられない人は愚かであり、物事に厳しすぎて融通のきかない人や、結果を恐れて行動に移せないような人もその部類に入る。

お金に困れば、最短の解決策は人に借りることだ。返済の可能性はさておき、金の貸し借りは実に頻繁に行われる。借りても返せる見込みがない場合、それに代わるもので埋め合わせをしたり、そのうちとんずらしてしまう。バハラナ（なんとかなるさ）という言葉がシリオソの反対語か。

時間を厳格に守ることも苦手だ。六時からの会合にしたければ、五時からと言っておかねばならない。約束は破られるためにある、という諺《ことわざ》は誰もが知っている。従って、約束は守られないかもしれないという前提、もしくは覚悟のもとでしなければならない。

そういう国民性にどうにかついていけるのは、アジアでは日本人だけではないかと筆者は思っている。あるドイツ人のジャーナリストなどは、あまりの文化ショックに気が狂い、奇行に走って本国送還と相成ったし、お隣の韓国にしても近ごろは企業進出がさかんであるが決してうまくいっていない。アラブ人のきらわれようは相当なものだし、シンガポールは相変わらず水と油だ。中国人もその商魂のたくましさ、結束のつよさゆえにきらわれ者だ。日本人だけがどうにか、いや人によってはどっぷりと、彼の地になじめる性質をもっているのだ。

これは、特筆すべきことにちがいない。話題があまりそれないように大急ぎで結論を言えば、お互いに〝許しの国〟であるからだ。カトリックは寛大な許しの宗教だが、フィリピンのそれはまったくもってそのとおりで、総体的には大乗仏教の国、日本の文化と相通じるものがある。厳しい絶対的な戒律にしばられることもなければ、臨機応変、優柔不断さを有し、悪く言えばいいかげん、よく言えば幅がひろい、という共通項がある。戦中派が大半を占めていた七〇年代までは、日本人とドイツ人はきらいだと公言してはばからない人も多く、一九七六年にはじめて訪れた筆者も時に居づらい思いをしたものだが、いまはほとんどそういうことはない。

ただ、ある種の日本人には、とても耐えられない、ということはある。筆者のみたところ、それは一〇人にひとりかふたりである。つまり十中八九は、ぶつぶつと文句はこぼしながらも居心地のよさが勝っていて、日本へ帰りたくない症候群が企業人などにもしばしば見うけられるのである。

だが、そのようなフィリピンの国民性が政治の場面に適用されると、当のフィリピン人も笑ってはいられないことになる。さすがに寛大な筆者のような日本人も唖然として、ホワイ、とひと言発したまま絶句することにもなるのだ。結果がどうなろうと、とにかく行動に移す。深く綿密に計画を練ることもなく、とにかくやってしまう。それによって生じる問題はそのつど適当に対応し、都合によってはウヤムヤにしてしまう。

ゴールデン・ブッダ事件（一九七一年）は、まさにその極めつけと言ってよい。マルコス大統領とその取り巻きが、あとさきも考えず、とにかく行動に移し、結果、未曾有のスキャンダルにまみれていく。その思慮の浅はかさは、ほとんど喜劇の領域にある。

恐ろしい喜劇のはじまりは、強制捜査部隊によるロジャー・ロハス宅からの〝ゴールデン・ブッダ強奪〟であった。

ともあれ法治国家であるから、家宅捜索するにも令状というものがいる。捜索令状は彼の国でも、捜査機関である警察が裁判所に請求し、発行されるのだが、令状を申請したほうも許可を出したほうもグルであった。

バギオ警察署長のカラノ中佐と、バギオ第一審裁判所のピオ・R・マルコス判事だ。このふたりが結託してことを起こすわけだが、令状の中身は、銃砲不法所持と中央銀行規定違反という二本立てになっていた。そもそも捜索令状は、一件の事案に対して発行されることになっているが、なぜか例外が認められる。

鉄砲不法所持については、ロジャーが許可証なしで所有していた二二口径のライフルとその弾倉、同ライフルの二〇個の弾薬、それに令状に記載されていない一四本の真鍮《しんちゅう》の延べ棒と日本刀のひと振《ふり》を押収している。なぜ真鍮の延べ棒など押収したのかという疑問に対しては、それが金取引の詐欺に使われる可能性があるからだといったとっぴもない理屈がこじつけられて、異常な捜索であったとの印象を助長する。彼らにとって、そうした瑣末なものまで押収する必要はまったくなかったのである（もっとも、真鍮の延べ棒というのは当局の偽りで、実はロジャーらがゴールデン・ブッダとともに掘り出した本物の金塊で、売却後の残余分であったのだが）。

目的は、中央銀行規定違反容疑によるゴールデン・ブッダの押収にほかならなかった。ところが、この〝違反〟にも根拠がなかった。カラノ中佐は事後に中央銀行へ赴き、ゴールデン・ブッダの所持が違反に当たるかどうかを尋ねたところ、答えはノーだった。とにかく行動してから事後に承諾を得るというやり方も度が過ぎた。許可なしで金《きん》を海外へ持ち出したりすると違反になるが、所持しているだけでは違反に当たらない。そんなことも確かめずに違反容疑を捜索理由の項目に入れ、判事もこれを認めるという珍事が起こったのは、とにかくゴールデン・ブッダを奪わなければならなかったからだ。なんの理由もなく押収するわけにはいかない。さりとて正当な理由がみつからない。そこで、理由にならない理由であってもとにかく令状に記載して実行に移したという次第であった。

あまりに無茶なやり口であったがために、ロジャーの訴えに対して捜査をはじめたバギオ警察署のガラセ大尉はほどなく理不尽な強奪であることを知る。が、上司である署長のカラノ中佐が事件にからみ、ピオ・R・マルコス判事が不正な捜査令状に署名したこと、さらには実行部隊である犯罪捜査局（CIS）の背後に大統領の影をみるに及んで沈黙を決め込んだことは前述した。

だが、大統領とその一派とて、すべてを押さえ込めるわけではなかった。ロジャー自身とその家族は、マルコス判事の脅しを受けて身を隠したが、ゴールデン・ブッダ強奪の事実はやがてマスコミと野党勢力の知るところとなる。反マルコス派の上院議員、つまり、野党の三巨頭であるセルジオ・オスメニアⅡ世（第四代フィリピン共和国大統領セルジオ・オスメニアの息子）、ベニグノ・アキノ（愛称ニノイ。一九八三年亡命先のアメリカから帰国直後暗殺されて没）、サルバドール・ラウレル（通称ドイ・ラウレル。コラソン・アキノ大統領時代の副大統領）らは、好機を得たとばかりに事件を問題にし、民衆の反政府感情をあおっていく。また、労働者と学生の改革運動グループは、彼らの主張する民主主義の名のもとに集会を開き、容赦なく事件を糾弾し、その度に警察や軍隊との衝突をもたらした。

攻撃の材料は、いくらでもあった。ロジャー宅への捜索令状そのものの奇妙さ、夜襲をかけるというやり方の強引さもそうだが、押収品が本来なら裁判所へ運ばれるべきであるのに、ホルムス基地のカラノ中佐の私邸へ運ばれたことは決定的な糾弾の対象となった。駐車場に停めたジープのなかにそのまま保管され、六人のCIS要員とバギオ警察署員が交替で警備に当たったというのだ。

その疑問に対してカラノ中佐は、ピオ・R・マルコス判事が復活祭の期間、休暇をとっていたためだと弁明するが、休暇が終わった四月一三日に返却されたのはゴールデン・ブッダを除く押収品のみで、ゴールデン・ブッダについては同月一九日、約二週間の遅れをもってようやく返却される。

押収品がなかなか返却されないことに疑惑を抱いた『マニラ・タイムズ』のジャーナリスト、アントニオ・V・ロセスは、コラム「事件と解説」のなかで、鋭い嗅覚をもって成り行きの予測を述べている。要旨を記せば――

〝ゴールデン・ブッダを除く押収品は八日後に裁判所へ届けられたが、ゴールデン・ブッダだけは二週間が経とうとするいまも返却されずにいる。それは一体何を意味するのか。本物のゴールデン・ブッダはすでにすり替えられ、そのなかの宝石は奪われてしまったのではないか。この政権はこれ以上のスキャンダルにまみれることはできないだろう〟

ロセス記者は、そのなかで、ゴールデン・ブッダが保管されたのは、カラノ中佐の私邸ではなく、リサール州サンファンはオルテガ通りとP・ゲバラ街の角に建つマルコス大統領の旧私邸であったと断じている。そして、家宅捜索隊の一員として、大統領の義弟に当たるマルセリーノ・バルバ少佐のような無関係な人物が加わっていたのはなぜなのかと皮肉っている。

その記事が出たまさにその日、四月一九日、ゴールデン・ブッダはついに裁判所へ持ち込まれた。ところが、その報がもたらされるや、ロジャーの家でゴールデン・ブッダをみたことのある少数の人間が裁判所へ駆けつけ、届けられた像をみたとたん、まるで別物であることに一驚する。

アルバート・ウマリは、著作で次のように記す。

〈彼らはそこに真新しい、埋められていた形跡もない像をみた。報道関係者もまた、それが確かに新しいものであることに注目した。そして翌日、ほとんどの新聞がいっせいに、返却された仏像は偽物にちがいない、と報じた。〉

実際、一般紙からタブロイド判の大衆娯楽紙までが一面の扱いで〝黄金の一件に関する不法性〟などと題して論説を掲載する。その賑やかさが日を追って増していったのは、言論だけは政府の統制下にはないフィリピンらしさでもあった。それゆえに、多数のジャーナリストや反政府活動家がマルコス政権下で命を落とすことにもなる。ウマリもまた、そのひとりになるはずであったが、そのあたりの事情については後述しよう。

ともかく、事件は大きな波紋を呼んだ。民主主義がかろうじて機能していたことを示すもうひとつの動きは、検察庁が捜査に乗り出したことだった。レオポルド・カナレス検察官に率いられた検事団で、捜査の結果、ゴールデン・ブッダ強奪の一件でカラノ中佐を書類送検することになる。それも四月一九日、ゴールデン・ブッダがやっと裁判所に返却された日のことで、仏像が本物か偽物かの判断は先へ持ち越された。

それを判断する資格がある者は、唯一、ロジャー・ロハスしかいない。検事団は再三にわたり新聞等を使って出頭要請を行ったが、ロジャーはカバナツアン市のアドゥアス村にいる友人、ウィリー・バルガスの家に隠れたまま、なかなか姿をみせなかった。代理人の弁護士、ペドロ・Z・クララバルもまた、出頭の時期については慎重にならざるを得ず、仏像の真贋《しんがん》はロジャーが出てくるまで待たねばならない、とコメントする。

一方、ロジャーはカバナツアンの隠れ家《が》にいて、報道機関の動きや世間の騒ぎについてはすべて承知していた。

だが、その場所も決して安全とは言えないことを思い知らされる出来事が起こった。誰がどのように嗅ぎつけたのか、四月二五日になって、突然、ふたりの女性が訪ねてきたのだった。アニタ・イグナとロサリオ・ウィ・バラナディ。彼女たちは政府高官の代理人であると称し、ある取引をもちかける。すなわち、もしロジャーがバギオに戻り、バギオの裁判所に返却された仏像が彼の元から押収された物であると証言すれば、三〇〇万ペソを支払う、というものだった。

ロジャーは、不審に思う。一体どういう魂胆があってそういう提案をもちかけるのか。動機がわからない以上、同意するわけにはいかない。

交渉が不成功に終わると、ふたりは不機嫌になった。そして、ロジャーの気が変わった時のために、連絡をとることのできる電話番号を残していく。が、ほどなくふたりのうちのひとり、ロサリオ・ウィはロジャーの元へ長距離電話をかけ、提案の主はドーニャ・ホセファ（マルコス大統領の母親）であるが、実際に三〇〇万ペソを支払うのは大統領自身であるともらした（このことはのちに上院の調査で判明する）。

ロジャーは、それを聞いてひどく困惑した。その提案の背後に大統領とその母親がいるというのが本当ならば、それをはねつけた身に起こるであろうことは十分に予感できる。得体の知れない恐怖に見舞われた彼は、メディアが報道している〝仏像のすり替え〟について、そんなことが本当にあり得るのか、確かめたい衝動にかられた。どんな危険をおかしても、バギオへ出向かねばならない。そして、この目で返却された仏像をみなければならない。そう決意したロジャーは、翌二六日、ひとりでカバナツアンをバギオに向けて出発する。

途中、イグレシア・ニ・クリスト（〝キリストの教会〟なるキリスト教の一派）に所属する兄の元へ立ち寄り、その助けを求めた。ロジャーも長年属しているこの特殊な会派は、信者から寄付を強要する代わりに強力な支援と保護をほどこすことで知られている。ロジャーはそこで、リサール州の第一審裁判所判事、ヘミリオ・マリアノ氏を紹介され、その自宅に一時滞在する。彼の行方を捜し求めていた検事団とニュース・レポーターの一団が不意に訪ねてきたのは、そのマリアノ検事宅に身を寄せていた時だった。

時に、四月二七日。ロジャーは、身の安全が保証されるかぎり、出頭して証言したい旨を告げたのである。

二　ゴールデン・ブッダはすり替えられた

かくて、いよいよロジャー・ロハスによる証言の日を迎える。四月二九日。その日をフィリピン民衆が待ち望んだのは、それまでにすでにプレスによってたっぷりと情報を与えられていたからだ。

返却された黄金の仏像が本物であるのかどうか。ロジャー自身の口から真実が語られるのを待つだけの日々がもう一〇日もつづいていたのだった。

ところは、バギオ第一審裁判所。法廷を主宰したのはピオ・R・マルコス判事で、これには検察側から異議の申し立てがあった。問題の多いロハス宅の捜索令状を発行した張本人であり、この特殊な裁判に偏りを与える恐れがあるとして反対を唱えたのだったが、親マルコス派であるビセンテ・アバダ・サントス法務長官は、そうしたすべての異議を一掃、最高の行政官としての特権を行使してマルコス判事でいくようにとの指示を出した。

法廷は、プレスのレポーターをはじめ、地域住民、ルソン島各地から駆けつけた学生活動家、反政府運動家などでむせかえっていた。

傍聴人が見守るなか、ロジャー・ロハスは証言する。

いま現在裁判所に保管されてある仏像は、一九七一年四月五日、彼の元から押収された仏像ではない。

理由を問いただされると、ロジャーはいくつかの相違点を挙げる。すなわち、彼の元にあった仏像はその背中に印があり、左脇の下にサンプルをとった跡である穴が開いていた。そして、その頭部は取り外しが可能であり、顔はやや俯きかげんであった。しかるに、返却された仏像は、その背中に印がなく、左脇の下に穴がなく、頭部は取り外すこともできず、しかも、顔は正面を向いて俯きかげんでもなかった、と断言したのである。

もちろん、カラノ中佐ほか襲撃部隊の面々も証言する。が、それはただ型どおり、彼らがロジャーの元より押収した仏像は四月一九日に裁判所へ運ばれた、というものであった。ただ、彼らの誰ひとりとして、ロジャーの証言に異議を差しはさむことなく、追及のひとつもすることはなかった。

その日の証言の模様は、翌日、あらゆるプレスのトップを飾って国中にいきわたる。最大の関心事は、言うまでもなく返却されたゴールデン・ブッダの真贋であった。仏像の裁判所への返却が遅れたのは明らかに故意によるものであり、偽物をつくるまでの時間稼ぎだったのではないかという疑問が日々、傍証をつけ加えながら報じられていく。

五月四日には、サルバドール上院議員率いる上院司法委員会において、ロジャーは再び証言した。そこでは、隠れている間の出来事、すなわちふたりの女性が突然やってきて、マルコス大統領の母親ドーニャ・ホセファの提案による取引がもちかけられたことなどを述べ、そのことがまたプレス報道をエスカレートさせた。

筆者の手元には、アルバート・ウマリから手渡された当時の新聞記事の束がある。それだけでゆうに単行本一冊になるほどの量であり、いかに膨大な報道がくり返されたかを物語っている。連日、新聞売り場に人々は殺到し、全国津々浦々その話題でもちきりになった。

ウマリは、記している。

〈人々は、貪欲で非道な権力者の恥と屈辱に身震いし、かつ酔いしれた。かのアメリカ人女優、ドビー・ビームズとの恋愛沙汰以来、大統領一族は再びスキャンダルに陥ったのだ。大衆にとって、二度にわたるロジャー・ロハスの証言はまったく議論の余地のない真実であった。〉

三　一九七一年八月——野党集会の炸裂

ここで少し、フィリピンの捜査、情報機関について述べておこう。

マルコス政権時代とその後のアキノ政権時代では、かなり様相を異にする。例えば、フィリピン国家警察軍（ＰＣ）はかつて国防省（ＤＮＤ）のもと、フィリピン国軍（ＡＦＰ）の管轄だった。そのPC司令官は、フィデル・ラモス准将（第一二代フィリピン共和国大統領）であり、犯罪捜査局（CIS）もその下にあった。

それがコラソン・アキノ政権になってからは、内務省（DILG）のもと、フィリピン国家警察（PNP）と名称を変え、犯罪捜査局（CIS）を従えている。そして、大統領府直属の大統領護衛（または親衛）隊（PSU）と国家安全会議（NSC）はそのままに、新たに〝よい政府のための大統領委員会（PCGG）〟が加えられる。それがマルコス大統領一族の不正蓄財を追及しているわけだが、ここにきて、よい政府のためとはいかないような欲のからんだ噂がひろがっていることは前述（第五章　三）した。

いまも国防省にあるフィリピン国軍（AFP）率いるフィリピン国家情報局（ISAF）は、かつてヴェル（日本のマスコミはベールと表記）参謀総長のもと、一九八六年の二月革命（エドゥサ・リボリューション）時にはアメリカ中央情報局（CIA）と互角に渡り合ったことでも知られるが、相当な実力をもっている。なかでも陸軍情報部（MIG16〔通称ミグ・シクスティーン〕）と外国人情報部（FIG16）の活動は、水ももらさない、猫一匹逃がさないほどに緻密だ。

一九八八年六月のことだった。一大商業地区、マカティの昼下がり、筆者の友人O君は、たまたま所用でマカティ・メディカルセンターへ立ち寄っていた。折も折、みずからの運命に翻弄されたひとりの男がやはりその病院を訪れていたのだ。長い逃亡生活をより完璧にするために整形手術をほどこそうとして訪れた病院が、まさかあっけない逮捕劇の舞台になろうとは、彼自身つゆ思わなかったはずである。

泉水博《せんすいひろし》。かつて日本赤軍によるクアラルンプール事件で超法規的措置により刑務所から釈放され、その後、メンバーの一員となり、アジアの拠点づくりのためにひそかにフィリピンへ渡っていた。そこで知り合ったフィリピン妻と彼はおそらく人生でもっとも幸せな時を過ごしたはずだと、O君は語る。周囲の証言によれば、みずからを山口と名乗り、山ちゃんと呼ばれて親しまれた彼は、カラオケが好きで、歌がうまく、非常に社交的だった。整形手術など受けることがなければ、いつまでも幸せな時間がつづいていたかもしれない。その日、マカティ・メディカルセンターへ、整形手術のアフター・ケアを受けるために出かけていった彼に、ゆっくりと近づいたふたりの男。それがMIG16のメンバーであった。

実に静かな逮捕劇であったようで、同じ建物のなかにいたO君もまったく気がつかなかったと言う。

彼の国の捜査機関については、しばしば警察の腐敗が云々される。が、情報に関しては、意外なほどの網をはりめぐらしている。道端で、バロット、バロット、と孵化寸前の卵を売り歩く老婆までが、なんらかの情報の提供者だと言われるほどだ。路地裏から路地裏へ、玄関先から玄関先までが情報機関にカバーされていると言っても過言ではない。

さて、本題に戻ろう。

バギオの法廷で、返却されたゴールデン・ブッダが偽物であると証言したロジャー・ロハスは、その後、ふたたび身を隠さねばならなかった。というのも、マスコミの騒ぎに対して、マルコス大統領は正式にコメントを発表、大統領とその身内を事件に結びつけようとする輩を引っ捕らえる決意を述べたからだった。

ロジャーは、軍、警察の追跡を逃れて隠れ家を転々とする。が、その年（一九七一年）五月七日、ついにＣＩＳによってパンパンガ州の親戚に身を寄せていたところを発見され、マニラのクラメ基地へと連行された。そこで、彼は以前の証言をひるがえすよう求められて応じなかったため、一週間にわたって拷問を受ける。そして最後は、現実に命を奪われる恐怖から、証言をひるがえすことに同意する宣誓口供書にサインをするほかはなかった。

釈放されたのは五月二〇日のことで、マスコミはさっそくことの真相を問いただすべくロジャーの居場所を探し求めた。ところが、ロジャーはいよいよ命に危険を感じて行方をくらまし、実際、当局もその足取りがつかめなくなった。

ロジャーに救いの手を差しのべたのは、野党のオスメニアおよびアキノ上院議員であった。彼らは、つてを手繰って秘密裏にロジャーと接触したアルバート・ウマリを通じ、身の安全のための人員を派遣することを申し出る。そして、ロジャー自身はその返礼として、一一月に予定されている中間選挙のキャンペーンを応援することになった。

その最初のイベントとして、八月二一日に予定されているミランダ広場（マニラ首都圏キアポ地区）における野党大集会で、ロジャーの演説がプログラムに組み込まれた。広場を埋めつくした群衆は、ようやくロジャーの真実の言葉が聞けるものと期待して、その出番を待ち受けていた。もちろんロジャーは、供述をひるがえすに至った経緯について真相を暴露するつもりだった。そうなれば、大統領一族の威信が地に落ち、さらなる恥辱にまみれることは明らかであった。

ロジャーは、舞台から数十メートル離れた車のなかで三人の武装した男たちにガードされて出番を待っていた。ウマリ自身は、舞台から石を投げれば当たる距離に群衆に紛れていたが、ロジャーが演説を終えれば合流するつもりだった。

突然、舞台へ投げ込まれた手榴弾が炸裂したのは、ジェラルド・ロハス上院議員が演説を終え、万雷の拍手を浴びて下がった時だ。前列に並んでいた候補者たちは一瞬のうちに後方へ吹き飛ばされ、続いて、舞台の下に仕掛けられた爆弾が炸裂すると、ふたりのカメラマンと煙草売りの少年ほか六人が即死、広場の群衆はたちまちパニックに陥った。上院議員や候補者たちは病院へ運ばれたが、ほとんどが重傷で危険な状態ですらあった。

一方、出番を失ったロジャーは、主人の安否を気づかって持ち場を離れたボディーガードのあとにつづこうとしたが、彼らのひとりに、お前は逃げるようにと諭される。そして、負傷者が病院へ運ばれていくのを尻目に、そのまま姿をくらました。ウマリもまた動転のあまり、なす術もなく、黙ってその場を離れていくほかはなかった。

結局、九人が死亡、九六人が負傷するという大惨事に終わったその集会は、ミランダ広場の〝黒い土曜日〟と名づけられて歴史に残ることになる。当局は、重大な犯罪が仕組まれたことを認める一方、判で押したように共産党の仕業であると発表する。さらに、マルコス大統領は政敵、ベニグノ・アキノ上院議員について、左翼に武器、弾薬を提供しているなどと非難する声明を発表した。

だが、そうした声明が理不尽な言い訳にすぎないことは、良識あるプレスや市民にはよくわかっていた。CIAも後日、独自の調査により、爆破事件はマルコスの指令によるもので、要はロジャー・ロハスに演説させないための工作であったと断定した。

その後、マルコスは反政府活動家や共産党分子の追跡、逮捕に乗り出していく。ミランダ広場の惨事をきっかけに、市民の反政府感情があおられるのを恐れたためだった。当局の逮捕者リストに挙げられているロジャーとウマリもまた、当分の間身を隠すほかはなく、南のミンダナオ島へ逃れていく。

だが、マルコスの強権も根づよい反政府活動を根絶するわけにはいかなかった。学生や労働者はいっそう頻繁にデモや集会をくり返し、その度に軍、警察との衝突をもたらした。

野党もいまやマルコスの天敵、ベニグノ・アキノ上院議員を筆頭に勢力を拡大しつつあり、NPA（新人民軍）もまた、都市ではゲリラ部隊（スパロー）を地下にもぐらせ、ルソンやミンダナオなどの山岳部では銃をもって国軍との熾烈な戦いを挑んでいた。

このままでは政権が危機に陥る。そう判断したマルコスは、着々と手を打っていった。

四　戒厳令への道

アルバート・ウマリは、著作（『マルコス・ゴールドを追って』）でそのあたりの経緯について、次のように記している。

〈まず障害となるのは、一九三五年に制定された法律だった。それによると、大統領の任期は、二期を超えることができないと規定されている。つまり、一九七三年に二期目を終える大統領にとっては、いまのうち（二年前）になんらかの法改正なり、思い切った策をとらなければ政権を継続できない。狡猾で抜け目のないマルコス（元来は弁護士であった）は、民主主義のあらゆる細則に通じており、なんとしても権力を維持するための秘策を練る決意を固めていた。

その目的のためには、まず国内の混乱（カオス）が必要だった。共産勢力がその破壊活動と暴力行為でもって国を無政府状態に陥れようとしていることを明らかにする必要があったのである。

一九七一年の八月第一週までに、マルコスは軍部の取り巻きをマラカニアン宮殿に招集し、会議を開いている。そして、数週間後には戒厳令（マーシャル・ロー）を敷くことを宣言し、かつ、それぞれがなすべき役割を命じたのだった。

そして、その次の週から、マニラ首都圏に一連の爆破事件が次々と起こる。イースト・アベニューのＰＬＤＴ（フィリピン長距離電話通信会社）を皮切りに、フィリピン砂糖委員会、フィラム・ライフ生命保険ビル、ＰＡＬＩ（比米生命保険ビル）、ＰＢＣ（フィリピン銀行協会）、ＩＤ（投資開発ビル）、ＤＳＰ（デイリー・スター社）、ＤＦＡ（外務省）、さらには、ジョイス・デパート、マニラ市庁舎などに爆弾が仕掛けられ、人々を恐怖に陥れた。おかげで一週間というもの、何千という家屋が停電し、断水に苦しむことになった。

マラカニアン大統領府は、予定どおり速やかに声明を発表した。一連の爆破事件はＮＰＡのゲリラ活動である、と。しかし、人々は、マルコスみずからの指令による軍の仕業ではないかと疑い、噂はまたたく間に巷に広がった〉

このように混乱状態に陥れたあと、マルコスは次なる手を打っていくのだが、そこはいかにも法律家らしく、民衆の要望に応えるふりをして新憲法草案委員会なるものを設置する。選ばれた三二〇名からなる会議はしかし、内部の意見対立からなかなか新しい草案をつくれない。マルコスの望みはただ三五年憲法を廃止して二期以上の大統領就任を可能にすることだったが、会議は踊るでまったくラチが明かない。しびれを切らした大統領は、いっそ議会制へと移行してみずからが首相に収まるという方法も考えたが、憲法会議は依然としてなんの結論も出すことができなかった。

　そのころ、ＣＩＡは、マルコスがやがて戒厳令を敷くであろうことは察知していた。比国内の情勢はワシントンへ、ニクソン大統領の元へ克明に伝えられており、だが、ニクソンはマルコスの意図を知りながらそれになんら反対の立場をとらなかった。マルコス一族の不正と腐敗ぶりをよく承知していながら、それを見てみぬふりをしたのは、フィリピンが反共の砦であり、マルコスがアメリカの言うことを忠実に聞くロボットである以上、価値ある男とみなしたからであった。

　一方、国内では、一九七二年九月一四日、ベニグノ・アキノ上院議員が戒厳令を敷くための計画、つまりサギタリウス計画（サギタリウスは西洋占星術における射手座）なるマルコスの計略を察知し、暴露する。度重なる爆破事件は、マルコス自身の命令によるもので、故意に国民を不安と混乱に陥れようとしていると非難して、アキノはいよいよ反マルコスの旗頭となっていく。

　究極の仕掛けは、九月二二日、国防大臣のホアン・ポンセ・エンリレの車が襲撃されるという出来事だった。マニラ首都圏マンダルヨン地区のワクワクで何者かの待ち伏せ（アンブッシュ）に遭い、エンリレが乗っているはずの車が銃撃されて蜂の巣になったのだったが、エンリレ自身はふだんは乗るはずのない後ろの護衛車にいて無事だった。自作自演のシナリオであればこそ、そのような幸運を装うこともできたのだと、人々は見えすいた演出にあきれ、肩をすくめた。

だが、翌朝になって、ラジオとテレビは放送をはじめることなく、新聞も売りに出されないことに、国民は驚かされる。マルコス大統領がやっとテレビに現れたのは、その日も午後七時を過ぎてからであり、全フィリピン群島に戒厳令を布告する旨の手短なスピーチを行った。

同時に、軍、警察が反政府分子に対する宣戦を布告して、ふたたび恐怖が全島をつらぬいた。やがて、学生の活動家、ジャーナリスト、ラジオやテレビのコメンテーター、労働組合の指導者などが大量に逮捕されていく。逮捕者リストの筆頭は、ベニグノ・アキノ上院議員、ホセ・ディオクノ上院議員やジャーナリストで出版業者のホアキン・チノ・ロセス、辛辣なラジオ・コメンテーターのロジャー・アリエンダらで、次々と捕らえられた。

反マルコス色の濃いラジオやテレビ局は閉鎖された。学校は一週間にわたって休校し、午後一〇時から翌朝四時までの外出禁止令が布告され、労働者のストライキはもちろん、一切の政治的集会、デモが禁止され、フィリピン人の海外渡航までが大幅に制限された。さらには、一〇月二四日までに、一切の銃器類が没収されることになり、違反すれば死刑であった。

かくて、ウマリたちも一切の活動を止めることを余儀なくされて、ふたたび逃亡者の身となってしまう。強奪されたゴールデン・ブッダについても希望のカケラさえなくなったのはもちろんのことであった。

第九章

一　戒厳令下のふたり

一九七二年九月二三日は、フィリピン史上、暗い記念日として記録されている。戒厳令そのものがひとりの独裁者の誕生を意味すると同時に、政敵や反政府活動家の手段を選ばない抹殺がはじまって、民主主義からはほど遠い社会が形成されていった。

七〇年代初頭のフィリピンと言えば、アメリカのアジア戦略の要として、その恩恵を受けながら東南アジアで唯一と言ってよい豊かさを誇っていた。が、やがてベトナム戦争も終わるころ、すなわち一九七二年の戒厳令を境にして、マルコス独裁政権は富を独り占めすることによって、民衆をしだいに貧困の淵へと追いやっていく。私利私欲は政治家の珍しくもない性向であるにしても、マルコスの場合、アメリカの黙認のもとで実に計画的に政権維持をはかった結果が戒厳令だった。

恋愛スキャンダル、ドビー・ビームズ事件のほとぼりもさめないうちに、ヤマシタ・トレジャー・スキャンダル、ゴールデン・ブッダ事件が追い打ちをかけて、実際、当時のもろもろの反政府活動に勝利するには強硬手段をとるほかはなかったというわけだろう。

かくて、アルバート・ウマリとロジャー・ロハスは逃亡の身となるのだが、いつまでも当局の追っ手を逃れていられるものではなかった。

まずウマリだが、ミンダナオ島に逃れて間もなく、弟のジョシーがミンドロ島からこっそりと訪ねてくる。彼が言うには、軍情報機関の人間がウマリを探して家の周りや家族をつけまわし、あげく農作業中の両親を脅して、警告を発した。しかるべき期限までにウマリが出頭しなければ、両親を逮捕する、と。

ここに至って、ウマリは投降するほかはないと心を決め、マニラへ戻ってクラメ基地にある犯罪捜査局（ＣＩＳ）に出頭した。戒厳令からほんの五日目の九月二七日のことだった。

ウマリの著作は、そのへんの事情を詳しく語っている。

〈だが、すぐに私は後悔することになった。投降したその日のうちに、暗くて狭い独房へ入れられて、厳しい尋問がはじまったのである。学生たちとの急進的な活動についてもそうだが、彼らは私のゴールデン・ブッダとの関わりについて知りたがった。ロジャー・ロハスはいまどこにいるのかと尋ね、答えない私に拷問を加えた。棍棒で打ちすえ、ライフルの端で殴りつけ、あるいはパンチを見舞った。弁護士を呼んでくれという私の要請は無視された。

三日間、暑熱で苦しめながら拷問をつづけたものの、私が口を割らないために、こんどは国家情報局（ＮＩＳＡ）へと移送した。そこはマラカニアン宮殿の裏手、パッシグ川をまたいだところにあって、大統領とその一族に忠誠をつくし、政敵を抹殺することを任務とするゲシュタポのような連中がメンバーである。そして、実際、彼らは伝え聞いていたとおりの冷酷な残虐さをもって私を落としにかかった。

放りこまれた独房は、ほんの一平方メートルで、一〇ワットばかりの電灯があるだけだった。中央に薄汚れたトイレがあって、そのために身体をのばして休むことができず、便器に腰かけるか、立ったままで時を過ごさねばならなかった。時計はなく、また房には窓もないので、昼か夜かもわからない。衣服は着替えが許されず、またバスも使わせてもらえないので、二、三日もすると自分の身体が鼠のようににおった。壁の隙間から差し入れられる食事は、薄いお粥と指ほどの干魚だけで、時々ひと切れの固パンがついた。

そして、時を選ばず薄暗い拷問部屋へ連れていかれるのだ。沈黙と非協力をつづけるにつれて、拷問の度は増した。塩水を大量に飲ませられたり、煙草の火を押しつけられたり、ライフルの弾倉に指をはさまれたり、ひどい苦痛に耐えて三週間が過ぎると、彼らはペニスにコードを巻きつけて電流を通すという究極のやり方に訴えたのである。この電気ショックに、私はついに耐え切れず、学生運動やゴールデン・ブッダとの関わりだけは認めることになった。が、そのほかの仲間についての個人情報やロジャーの居所は決して口にしなかった。

ロジャーが当局の怒りに触れてゴールデン・ブッダを持ち去られてからというもの、私は、もうその件には関わらないようにしたのだと彼らに告げた。ロジャーに対しても、これ以上は追及しないようにと忠告し、悪いのは許可なく財宝探査を行った我々であると説得を試みて、あとは彼と別れたままである、と。この懸命の言い訳は効を奏したらしく、一一月の半ばには

元のクラメ基地へ戻されたのだった。〉

そのころすでに、大勢の反政府活動家や政敵が逮捕され、クラメ基地の獄（独房）に入れられていた。ウマリが運動のために出る中庭で出会った野党政治家には、かつてミランダ広場の爆破事件で片目を失ったホビト・サロンガや、一九九二年の大統領選に立候補してラモスやサンチャゴ女史らと争ったラモン・ミトラ、さらにはのちにアメリカへ心臓手術を名目に渡ることになるベニグノ・アキノ（すでに前述のとおり、ニノイの愛称で知られる、第一一代大統領コラソン・アキノの夫。八三年暗殺された）らがいた。

その当時の拷問についてウマリが筆者に語ったところでは、房の真ん中にある便所がとにかく汚くて、長く座っているわけにもいかず、ほとんど立ったまま過ごさねばならなかったと言う。それ自体がすでに拷問であり、脚のすねに打ち込まれたたくさんのホッチキスを房に帰って自分で抜くこともあった。一日に一〇分間だけ、隙間からホースが差し込まれ、その水で身体を洗った。

干魚は、頭と尾っぽだけで身の部分がなかった。現在でも刑務所の食事は、できるだけ費用を節減する必要から、所員が魚の身を食べた残り、つまり頭と尾が供されるという。従って、少しいいものを食べるにはお金がいる。お金さえあれば、けっこういい暮らしができるのもブイリピンの刑務所の特徴である。

「とにかく、ひどいもんだったよ」

一九九八年が明けて間もなく訪れた筆者に、ウマリはそう言って顔をしかめた。食事の席で、きたないトイレの話がはじまっていささか食欲をそこねたものだ。

「サロンガもミトラも、またアキノも同じメに遭ったことは間違いがないね。アキノはそれで身体をこわして、もう少しで死ぬところだった」

アキノがようやく釈放されて（一九八〇年五月）アメリカへ向かったのは、心臓の手術をするためという名目だったが、事実上の亡命であった。

一方、ミンダナオのダバオに逃れたロジャー・ロハスは、そこで錠前屋を開いて商売をはじめていたが、長く音信不通の家族に対する心配が高じていた。そして、ついにマニラを経由してバギオ市へ、こっそりと戻っていく。

それが運命の分かれ道となった。バギオへ戻って四日目、もとより網を張っていた当局にバギオの市場であっさりと逮捕されてしまう。罪名は、銃砲類の不法所持というものだったが、実のところ、この二二口径のライフルは、ロジャーが財宝探査の現場で土中から掘り出したものであり、撃鉄のない使用不能の代物であった。一四本の金塊を詐欺用の真鍮《しんちゅう》であったとされたこともそうだが、当局は権力に刃向かったロジャーに対する報復として、いわばデッチ上げを仕組んだのである。

そして、ロジャーもウマリ同様に拷問を受ける。目的は、ゴールデン・ブッダに関する以前の証言をひるがえし、告発を撤回させることにあった。

だが、いかなる拷問をもってしても落とせない当局は、ついにロジャーを殺害することにして、その日の検討に入っていた。そこへ、折よく救いの手を差しのべたのが、かつて彼の逃亡生活を助けたことのある〝イグレシア・ニ・クリスト（キリストの教会）〟のエラニオ・マナロ司教だった。マナロ司教は、マラカニアン大統領府に掛け合い、ロジャーが獄中にあってすでに十分に苦しんだことを理由に釈放を求めた。その結果、命だけは失わずにすんだのだったが、拘留が解かれるまでには至らなかった。

ウマリが同情的な軍内部の意見によってようやく釈放されたのは、一九七三年一二月二四日、クリスマス・イブのことである。その前日、国家警察軍司令官、フィデル・V・ラモス（のちに第一二代フィリピン共和国大統領）によって釈放許可書にサインがなされたのだったが、あくまで暫定的な、臨時のもので、ことと次第によっては再び逮捕、収監される恐れがあった（当時、ラモスはヴェル参謀長に次ぐ要職にあり、戒厳令布告の際にも当然関わっていた。そのことが、翌年に大統領選挙を控えた一九九七年を通して、ラモス自身がこんどは長期政権をもくろんで戒厳令を敷くのではないかとマスコミの牽制に遭った理由である）。

ロジャーの釈放は、それからおよそ一年後、一九七四年一一月の最後の週であった。やつれ衰えた彼がまずいちばんに目指したのはバギオの家族だったが、待ち受けていたのはあまりに非情な現実だった。

そのあたりの事情をウマリの著作から引いてみると――、

〈家にたどり着くとすぐに、彼は妻の不在に気づいた。聞けば、ちょうど五ヶ月前、ヴィッキーはほかの男と連れだってアメリカへ行ってしまったという。ふたりの息子は彼女の両親に預けてあるというので、ロジャーは急いでその両親に会いに出向いた。が、そこで彼は面会を拒否される。というのも、妻の両親はその時すでに彼をバギオ市の裁判所へ家族を捨てたカドで訴えていたのだった。しかも、妻が残していった息子たちには会わせられない、このまま永久に立ち去ってほしいと言い渡される。

打ちのめされたロジャーはしかし、それに反論することはできなかった。考えてみれば、長いこと家族と離れ、しかも生活の面倒をみることなく放置したことは確かなのだ。なす術もなく、ロジャーは背を向けるほかはなかった。

それは、彼の人生におけるもっとも悲しい出来事であった。〉

このロジャーの妻、ヴィッキーのアメリカへの駆け落ちについては多くの謎につつまれている。ロジャーへの復讐をもくろむ当局の差し金、圧力であった可能性も十分に考えられる。家族の崩壊をもたらすことでロジャーを孤立させ、さらなる仕打ちに訴える準備をしたのではなかったか。

妻の両親が家族を捨てたカドでロジャーを訴えるなどというのも、芝居がかっていて妙な印象を免れない。

いずれにしても、一介のトレジャー・ハンターは巨大な財宝を掘り出したばかりに、非情な運命にもてあそばれることになったのである。

二　ゴールデン・ブッダ贋《がん》作《さく》の証言

筆者の知人に、ビセンテ・ビエゴ、愛称を〝ビック〟という人物がいる。かつては腹の突き出した、いかにもこわもての男であった。が、最近はダイエットに励むとともに一児の父親となり、ちょうどマルコス元大統領のひとり息子であるボンボン・マルコス（現フィリピン共和国大統領〔第一七代〕）によく似た温和な風貌になっている。

カマリネス・ノルテ州（ルソン島南西部）の出身で、両親と早くから離れて暮らし、若い時分はずいぶんと苦労もしたようである。

一九八六年のいわゆる二月革命の際、軍隊は真っぷたつに分かれ、誰が真の味方か敵であるかがわからなくなってしまった混乱のさなか、国家警察軍司令官で副参謀長の要職にあったフィデル・ラモス将軍は、国軍の最高司令官であるマルコス大統領に反旗をひるがえしたことは周知のとおりだ。みずからの部下も、マルコス派か反マルコス派かわからない状況において、このウエスト・ポイント出の生粋の軍人ラモスは、彼自身のために命を投げ出すことのできる親衛隊をつのった。その折に、真っ先に駆けつけたのが彼、ビエゴであった。

その後、忠誠心に徹したグループは、ラモスが第一二代大統領になると、その私的なシークレット・サービスとなって全国に散っていった。かつてアキノ政権下で、クーデターが頻発する政情不安のなか、大統領コーリー（コラソン）・アキノの娘、クリス・アキノを通学先のケソン市はアテネオ・デ・マニラ大学のキャンパスより秘密裏に安全地帯へ救い出したのも彼らである。

もう数年前のことだが、このピックことビエゴとある酒席で一緒になった際、彼の学生時代の友人で、やはり同じカマリネス・ノルテ州の出身であるという人物と会った。筆者が未だ山下財宝の話にさして興味がなかったころのことで、その男の名前は思い出せないのだが、しきりにゴールデン・ブッダの話をして聞かされたことと、その偽物をつくる際の中心的役割を果たしたという話だけはよくおぼえている。

確か、キアポ（マニラの下町）の職人につくらせたから、

「ゴールデン・ブッダはメイド・イン・キアポなのさ」

そう言って笑っていた。

なぜそれが気の利いたジョークかといえば、キアポこそはあらゆる贋作のメッカであるからだ。にせの身分証明書や出生証明、パスポート、卒業証書など、なんでも器用につくってしま

う。メイド・イン・キアポというだけで、それが偽物であることを言外に表しているのである。

たった二週間でつくらせたというから、それはキツイ仕事であったようだ。何しろ最高権力者の命令であるから、従わないわけにはいかない。が、いくら腕のいい鋳物職人であっても、そんな短期に本物と見分けがつかないものをつくり上げるようなことはできるはずもなかった。

筆者の知友で元朝日新聞マニラ特派員の大野拓司氏は、フィリピンの生き字引と呼ばれるほどの人物で、一九七〇年からの七年間、国立フィリピン大学（UP）大学院に籍をおき、さまざまな歴史的現場に立ち会ってきた。日本のジャーナリストで、生前のロジャー・ロハスに会って話を聞いているのは彼だけである。一九九二年八月三一日、と手帳には記してある。

それ以前の一九九一年には、彼は支局に訪ねてきたアルバート・ウマリにも会っており、いま山下財宝とマルコス資産についての本を書いているのだが、それを日本で出版できないかという話をもちかけられている。その本（つまり筆者が紹介してきた『マルコス・ゴールドを追って』であるが）が出た時、ロジャーもミンダナオからマニラへやってきていた。大野氏は、ケソン市にあるロジャーのスポンサー（財宝探査の資金提供者）の自宅へと彼に会いに出かけたのだった。

最初の印象は、ロジャーの身体がかなり弱っているようにみえたことだった。

「片方の目がみえないと言っていた。以前、拷問を受けて、手と目を攻撃されたらしい。当局は、自分は錠前屋であるから、大事な手と目を痛めつければ白状すると考えていたんだと、非常に怒ってましたよ」

しばらくぶりに新宿の酒場で大野氏に会って話を聞いた。ロジャーが訴えようとしたのは、ゴールデン・ブッダを掘り出すに至った経緯と、その後の顚末だったという。ある時日本人が訪ねてきて、地図を置いていった。その地図をたよりに掘っていくと、あのゴールデン・ブッダが出てきたのだと言って、ロジャーは大野氏に写真までみせている。それも二枚。一枚は本物のゴールデン・ブッダでロジャーが一緒に写っており、あと一枚は、偽物だった。それをみるかぎり、二枚の写真は明らかに異なるもので、確かにこれは何かあるんだろう、と大野氏は思った。というのも、彼は、一九七一年当時、フィリピン大学の学生で、ゴールデン・ブッダ事件のことはよくおぼえていたからだ。センセーションのはじまりは、ロジャーがゴールデン・ブッダを強奪された時で、新聞の一面トップを、それもカラーで飾ったので驚いたと言う。日本ではまだ新聞にカラー写真を使うことなど考えられなかった時代だ。

「その日本人からもらった地図は、バギオ近郊の廃鉱跡だと言っていたよ」

大野氏の喋りに、筆者は待ったをかける。

「廃鉱跡？」

「そう。バギオ近郊にはあちこちにある、そのひとつだと言っていた。これは間違いない」

筆者は、うなった。やっぱり、そうだ。ウマリの著作には、ブギアスの戦略トンネルとなっているが、前述したように、これがカモフラージュであることは彼自身も認めている。叙述の細部をみれば、場所はおそらくバギオ近郊であろうことは察しがつく。これも先に記したとおりだ。

もともとベンゲット鉱山群といって、金銀を産出する鉱脈が数あることで知られており、日本軍はもちろんそれらを接収し、米軍が破壊していったものは修復して作業に当たっていた。が、敗戦が間近になると、こんどは日本軍がそれらを破壊することになった。筆者が、廃鉱と聞いてピンときたのはもうひとつの理由があるのだが、これは話が少し長くなるので後述する。

ともあれ、偽のゴールデン・ブッダが返されてきたのだとロジャーは訴えて、大野氏もそれは納得する。この時の話は『週刊朝日』に書いたと言うが、いくつかの疑問も残された。ある日訪ねてきたという日本人が誰なのか、なぜロジャーを訪ねて地図を置いていったのか。そのあたりがどうも曖昧で、よくわからなかったという。また、ゴールデン・ブッダの重さは八〇〇キログラムあったと言い、それをふたりして担いだのだと聞いて、ちょっと待て、と大野氏はロジャーを制する。

「ふたりで八〇〇キロのものが担げるのか。それはとても無理だろうって言ったら、いや、担いだって言うんだよ。確かに八〇〇キロあったと言い張る」

「それをふたりで担いだと……」

筆者は、とまどった。ウマリの著作にも一トン近くあったと記されているが、そこではとても重くて運び出すのに苦労をしたことになっている。ふたりで担いだというロジャーの言葉が本当であるならば、論理的に言って八〇〇キロはとても無理、力士の五人から六人分を担ぐなど、並はずれた怪力の持ち主でも不可能だ。ふたりで担いだと言い張るからには、一トンとか八〇〇キロという数字はやはり妥当ではない。相当にサバを読んでいるのではないか。

これはフィリピン人に特徴的な性格であり、小さなものでも相当に大きく言うことがしばしばある。大きなダイヤモンドがあると言って取引を試みた男は、その大きさを示すに両腕で円をつくってみせた話もあって、なかなかユーモラスではあるのだが。ひとりで担げるのは自分の体重のせいぜい二倍と言われているから、六〇キロの男がふたりだと二四〇キロまでだ。それでも、たいした宝ではある。

重さについてはそういうわけで定かではないが、大野氏もゴールデン・ブッダの存在自体は疑っていない。かなりリアルな写真と明らかな偽物の写真の両方をみているだけに、およその話には信憑性を感じると言う。

もう一点、前述のミランダ広場の爆破事件（〝黒い土曜日〟一九七一年八月二一日）の際、大野氏もその野党選挙集会を見物していた。事件後、マルコスは共産党の仕業であると発表するが、実際そのとおりであった可能性が高いと言う。というのも、この事件の少し前、フィリピン士官学校（ＰＭＡ）の教官から共産党のゲリラ組織・新人民軍（ＮＰＡ）に転じたビクター・コープス（のちに再び政府側に帰順した）が、あれは自分たちがやったと告白しているからだ。そして、ウマリ氏の著作では、ロジャーの演説を阻止するためにマルコス側が仕掛けたようなニュアンスで書かれているが、それはちがうと大野氏は主張する。ゴールデン・ブッダの一件は、当時の政争のなかでは、ただのひとコマにすぎず、与党（NP）、野党（LP）、共産党（CPP）、モロ民族解放戦線（MNLF）など三つども四つどもえの争いがくり広げられていた。爆弾事件に関しても、あるものはマルコス側が仕掛け、あるものは共産党が仕掛けて、どれがどうとは言いきれない状況だった。混乱を起こす必要性は両方にあったからだ。

ミランダ広場の爆破事件の時、ベニグノ・アキノ上院議員はなぜか参加していなかった。なぜそんな大事な集会にきていなかったのか、たまたま到着が遅れたことになっているが、未だに謎として残されている。一九九七年暮れに出版された『現代フィリピンの政治と社会――マルコス戒厳令体制を超えて』（デイビッド・ワーフェル著　大野拓司訳　明石書店刊）は、戒厳令発令の朝を大学の寮で迎えた大野氏自身の体験が生かされた労作だが、実際、それを読むと、当時の世界情勢の混沌、アメリカの思惑もからんだ世界戦略の複雑さがみえてくる。

三　不可解な海軍、ふたたび

さて、山下財宝と呼ばれているものは、一体どのくらいの量を指すのか。マルコス資産が一〇〇〇億ドルの大台に乗ったと言われていることはすでに述べたとおりだが、それとイコールであるはずもない。

アルバート・ウマリをはじめフィリピン財宝探査協会（ＴＨＡＰＩ）の主だった面々は、マルコス資産は山下財宝の全体と比べればほんの一部、と考えている。その根拠はさまざまあるのだが、ここにひとつの目安となる証言を紹介しておこう。

レオポルド・ヒガ（Leopoldo Jiga）、通称ポールなる人物がいる。Jigaは英語読みすればジガだが、スペイン語読み、つまり旧来のフィリピン式に読めばJはHの発音で〝ヒガ〟となる。ベンジャミン・バルモレスとともに、マルコス時代、財宝のポインター（財宝の在《あ》りかを知っていてガイドできる人）として起用された男で、『マルコス王朝』（スターリング・シーグレーブ著）のなかにも登場、実は日本海軍の将校であったとされている。

事実、ヒガは比嘉であり、彼の祖父が日本人であったがためにその姓を受け継いだもので、戦争中は軍属として日本軍の下働きをしていた。彼によると、その後リクルートされ、財宝隠匿の秘密を知り得る場に居合わせたということだ。

「嘘発見機」にまでかけられて、財宝探査に協力した人物だが、その後今日に至るもアメリカ人トレジャー・ハンターのグループと活動をともにしている。

次なるデータは、そのポール・ヒガがあるトレジャー・ハンターのインタビューに答えた際の証言である。フィリピン財宝探査協会のメンバーが秘密裏にテープに収めたもので、声音はごく自然で、それだけに生々しい。

サイトＮｏ１　カシナイ（リサール州）

サイトNo2　深さ二四〇フィート　一一万ポンドの金塊と五ガロンの宝石
タナイ（リサール州）　深さ三〇〇フィート　二一万九〇〇〇ポンドの金塊と五バレルの銀貨
サイトNo3　テレサ（リサール州）　深さ五〇〇フィート　七七万ポンドの金塊と一一万六〇〇〇ポンドのプラチナ・バーそれに八〇箱の宝石
（一ガロン＝四・四五六リッター　一ポンド＝〇・四五三六キログラム　一バレル＝三一・五ガロン）

これはほんの一部であるというから、まったくとてつもない量だ。しかも、地下深く、およそ二〇階から三〇階くらいのビルの高さに相当する地中に埋めてあるという。日本軍が穴掘りの名人であったことを思えば、これくらいは驚くに当たらないが、一体どうやってそんな膨大な量を海を越えて運んできたのか。この疑問に答えられるのは、唯一、海軍でしかない。

輸送船だけでも、フィリピン近海に実に四〇〇隻以上沈んでいる。これに潜水艦等を含めた軍艦を加えると、ゆうに五〇〇隻を超える数量である。

実際、終戦が近づくにつれて、シンガポール等の東南アジア各地からフィリピンへ向かう船舶の数は潜水艦を含めてウナギ上りになる。そして、艦・船舶を失い、陸《おか》に上がった帝国海軍の不可解と言うほかはない行動がはじまるのである。

以前に述べたように、岩淵三次《いわぶちさんじ》少将率いる海軍陸戦隊による無謀きわまるマニラ攻防戦は一体何ゆえだったのか。『マルコス王朝』の著者、スターリング・シーグレーブは、岩淵が表向きの理由とは別に、マニラに運び込まれた財宝を隠匿する命を受けていたと書く。一万六〇〇〇人に及ぶ海軍陸戦隊のみならず人口七〇万のうち一〇万人にも及ぶマニラ民衆をも犠牲にした玉砕戦のあと、逃げ延びた可能性もある岩淵が中将に進級したことに触れて、一体帝国海軍は何をもって岩淵に功ありと考えたのかと皮肉るのである。

実は、これとよく似たことが別の土地でも起こっている。ただ岩淵の例だけならば、筆者もシーグレーブの説をただの推理として流していたかもしれない。

インファンタ、である。日本からの航空機が南大東島上空を通過後、しばらく洋上を飛んでルソン島に差しかかるのがその東海岸の町で、マニラからほぼ真東に当たる。筆者も出かけてみたが、フィリピンの典型的な農漁村で、海の幸はもちろん、水田あり、豚、牛、鶏の姿がどこにでも見受けられる非常にのどかな田舎だ。海岸沿いに国道が走り、砂浜の側に立ち並ぶ粗末な家々はしばしば台風の直撃を受けて吹っ飛ぶが、すぐにまた修復されるという。マニラ東方山岳地帯から町へ入るあたりに広がる山々は、一面、深緑のバナナに覆われて、散見できるココヤシとともに、もうそれだけで食うには困らない土地であることがわかる。上流のカナン川とカリワ川が合流してアゴス川となって町中を流れており、それは自然にめぐまれた豊かな土地である。

そこへ、タヤバス方面で水雷艇四隻を失った古瀬貴季《ふるせたけすえ》大佐率いる海軍部隊は向かった。岩淵少将がマニラ市内で玉砕したあとのことで、一九四五年二月以降、バギオ最高司令部および振武（集団）の命令による行動であった。沖合にはすでに米軍占領のポリリオ島がみえていたが、未だ戦闘のない穏やかな、しかも糧食が十分に確保できるそのインファンタを、古瀬大佐の海軍戦闘部隊は配下におさめたのだった。

敗残兵はしかし、古瀬部隊ばかりではなかった。当時、東海岸インファンタに友軍の潜水艦が救出にくるという報が敗走中の将兵にひろく伝わっていたこともあって、大勢がマニラ東方のモンタルバン方面から川伝いに道なき道をインファンタへと向かった。その代表的な部隊に、三宅部隊がある。これは海軍の軍属部隊で、軍需部、運輸部、工作部、施設部など、最初は七〇〇〇名を擁していたが、そのころは約四〇〇〇名にまで減っていた。マニラ東方の山中、ボソボソにいた三宅大佐は、当然ながら部隊を率いて糧食の豊富なインファンタへ向かう予定だったが、三月に入って間もないある日、古瀬部隊から伝令がやってくる。

貴部隊は山中にとどまり、傷病兵の面倒をみながら自活すべし。

そして、今後はいかなる部隊も一個の将兵もインファンタに入ることはまかりならぬ、と言い渡される。もし命令に違反した者は即刻、その場で処置する、と。

伝令ばかりではなく、山中から町への境には方々に札が立てられて、すべての敗残兵をシャット・アウトしてしまうのである。三宅と古瀬は同じ大佐であるはずだったが、その時、古瀬のほうはなんの理由をもってか、少将に格上げされていた。古瀬ばかりではない。部隊がインファンタに入ると間もなく、大尉は少佐に、少佐は中佐に、中佐は大佐に、大佐は少将にと、すべて一階級上げられた。当時の戦況からして、これは実に不思議なことで、ボソボソから直談判に出かけた三宅は、古瀬ほかの制服が一変していることに驚きを禁じ得なかった。

対面した三宅は、上司となった古瀬に冷たく言い渡される。世界中、どこの土地でもかまわない、好きなところへ行ってくれ、と。もうこれ以上、戦闘部隊の邪魔をしないでくれと言われて、三宅は、戦闘の邪魔をするために送られてきたおぼえはないと皮肉のひとつを口にしただけで、結局、引き下がるほかはなかった。部隊を解散してかまわないかと問えば、もちろん好きにしろ、と古瀬は答える。とにかく、西部部隊は五月一五日までに我が海軍警備地区外へ立ち去るべし、武運長久を祈る、と。

その時、三宅部隊の四千余名はもちろん、その他数知れない敗残兵の運命は決まった。バナナやココヤシの山あり、水田あり、豚、牛、鶏の遊ぶ豊饒の地を目前にして、あわれな将兵は次々と餓死による死体の山を築いていく。友軍であるはずなのに、これは一体どういうことなのだと、怒り心頭に発する者、絶望のあまり荒れくるい、古瀬部隊へ殴り込みをかけてやると息巻く者など、その無残きわまる有りさまは、三宅にとっても痛ましいかぎりであった。

このまま部隊を見殺しにするわけにはいかない。ここはなんとかバギオの最高司令部へたどり着き、部下の惨状を訴えて、古瀬の憎き方針を変えさせる命令を下してもらわねばならぬと、三宅は決意する。そして、民舟を仕立て、インファンタの海岸から北上をはじめる。北部ルソンのカガヤン地方で舟を捨て、渓谷を越えてバギオへ向かう予定はしかし、変更を余儀なくされて、さらに台湾を目指して舟を進めることになる。古瀬の処置はどうしても納得がいかなかった。なんとしても台湾へ上陸し、幾万の友軍を見殺しにしたカドで古瀬を軍事法廷に訴え出るつもりだった。

だが、九死に一生を得てたどり着いた台湾で三宅を待ち受けていたのは、逆に戦線離脱という罪名による本国移送と海軍軍事法廷であった。結果は無罪だったが、古瀬の行為についてはなんのとがめもなく、やがて終戦を迎える。

一体、古瀬部隊はなぜインファンタを高い柵をもって囲わねばならなかったのか。問題はその点にあるが、糧食を独り占めするためだったというのは当たらない。海の幸、山の幸ともに無尽蔵にある土地である。いくら人口が増えても、食うには困らない。ならば、なんなのか。

そこで浮上してくるのが、インファンタの虐殺《マサカール》と財宝伝説である。

第一〇章

一 地の果て、インファンタ

かつて（一九九五、六年まで）、マニラからインファンタへ行くには、ラグナ湖の東、シニロアンよりマニラ東方山岳地帯に入り、曲がりくねったデコボコ道をひと晩がかりであった。その悪路は、バスなら座席に身体を縛りつけておかねばならず、ウトウトしようものなら頭を窓にぶつけてケガをするほどモノ凄いものであったようだ。いまは舗装道路が出来ているので、比較的楽に、三時間もあればたどり着ける。

夜中に出発して、明け方に着くのが彼の地を知るのに最適である。全山、バナナ樹に覆われた深緑の山々の隙間から、朝日に照り輝く太平洋をのぞむことができて、実に美しく雄大だ。暑季（四、五月）の近い空は澄みわたり、やがて太陽が高くのぼる。見上げると、確かに明るい空があるのだが、町には、どこか暗い、寂しい雰囲気がただよっていて、まさに地の果てにきたといった感じがする。

首都マニラをはじめ、ルソン島は西側、つまり南シナ海側のほうが圧倒的に発展しており、島の東側を南北につらぬくシエラマドレ山脈を越えてたどり着く太平洋側は、眼前に広がる海のせいもあって、行きどまり、陸の孤島のような印象をまぬかれない。水田では年に二度の収穫が可能だし、海山の幸も豊富であるが、民家は多くがニッパ椰子《やし》で葺《ふ》いたいわゆるニッパ・

ハウスで、しばしば台風がきて吹き飛ばされては修復することをくり返してきた。住民の表情もどこか活気に乏しく、町に映画館のようなものもあるにはあるが、ひたすら静かな暮らしがあるばかりだ。およそフィリピンらしい底抜けの明るさがなく、ここだけは何か特別な場所のような、だからこそ地の果ての心象をいだくのだろう。

船を失った海軍、三千余の古瀬《ふるせ》部隊がこの町へたどり着いたあと、高い垣根をめぐらせてほかの友軍をシャット・アウトしたことは前述した。そのため、四千余の三宅部隊ほか幾多の敗残兵が豊饒《ほうじょう》の地を目前にして餓死の山を築いたのだった。

一体、古瀬少将は、何ゆえにそのようなインファンタ独り占めをたくらんだのか。さらに疑問の点は、一体、帝国海軍は何ゆえに古瀬以下、大・中隊長クラスの階級をインファンタに入るやいなや進級させたのか、である。

三宅大佐は、同じ大佐であるはずの古瀬以下の制服が一変していることに驚くが、実際、古瀬ひとりであるならば、ちょうど平時（ピースタイム）の進級の時期に当たっていたと解釈することもできるだろう。が、なんの功とてない全員が進級するなど、奇妙としか言いようがない。これは、やはり山下奉文《やましたともゆき》大将らと北のバギオへ向かった海軍上層部のなんらかの意図が働いていたにちがいなく、古瀬らに特別な権限を与えるためであったとしか考えられないのである。

非戦闘員（軍属）の三宅部隊を拒絶したのは、これ以上、我々の邪魔をしないでくれ、というものであり、きたる米軍との戦闘に支障をきたすというものであった。が、この理由もおかしな話で、本気で米軍と戦うつもりなら、軍属であろうと一兵卒でも欲しいというのが本当のところではないのか。まして、陸へ上がった海軍に陸軍のような戦闘能力があろうはずもない。

一体、インファンタで何が起こったのか。

降伏後、古瀬少将以下は米軍に投降し（古瀬は一時なぜか日本へ帰国）、やがてニュー・ビリビッド捕虜収容所（在マニラ・モンテンルパ）へ送られ、そして型どおり軍事裁判にかけられる。罪名は、住民の虐待、虐殺等、いわゆるB（C）級戦犯として裁かれて、古瀬ほか一五名全員が死刑判決を受ける（一九五三年キリノ大統領の特赦により釈放され帰国した）。

裁判では、一〇〇〇人にのぼる住民虐殺の罪に問われるのだが、その数には疑問がある。日本軍投降直後に取られた住民の証言『予備審問調書』や、のちの法廷における公判記録には、具体的な数字をあげて、どこで何人の犠牲者があり、その累積が一〇〇〇人というわけだが、国立公文書館（ナショナル・アーカイブス）で調べた記録をみるかぎり、やはり確たる証拠でもって数を示しているとは思えない。ただ、証言に立った住民が口にする数にもとづいているにすぎず、アメリカ側にとっては有罪とするに必要な数であったというべきか。

支配者が米軍に変わった以上、被害者はいくら誇張の報告をしても憎しみを晴らすに足りなかったであろうし、米軍に迎合して日本軍の蛮行を認めることもあり得るからだ。

とはいえ、当時、相当な勢いをもっていた抗日ゲリラなど、日本軍にはむかう住民をかなりの数殺したことは確かだろう。ゲリラ掃討作戦のなかで、巻きぞえを食った子供、女子、老人もいたにちがいない。

だが、それにしても、数は特定できないはずだ。住民虐殺というと、にわかに数が実際より水増しされるのは、南京大虐殺の場合もそうだが、近年ではポル・ポトの例をみればわかる。当初、四〇〇万人と報道され、次に三〇〇万の時代があり、次に二〇〇万に減り、いまでは一〇〇万人以上もしくは前後という表現に落ちついた。誰が、どこで、誰に、どのようにして殺されたのか、それらをすべて押さえた証言でなければ、虐殺などというおどろおどろしい言葉を使うこと自体に問題がある（ゆえに警戒すべき）だろう。

インファンタの住民が日本軍に一〇〇〇人も殺されていれば、今日、日本人が入っていけば、おそらくかなりの怨恨が人々の口から発せられるはずだが、筆者の耳にはまったく聞こえてこないばかりか、それとはまったく逆の歓迎でしかなかった。戦争が風化した結果であるのかもしれないが、それにしても人なつっこいばかりの接し方には、こちらがとまどうほどで、史実とされるものに対する疑問が増すばかりだ。

何かある。ここには何か、予想だにしない事実が隠されているのだと、陸に上がった海軍の奇妙な行動に筆者は改めて思いを馳せた。

実際、インファンタで耳にしたのは、おそろしい虐殺の話などではなく、とんでもないロマンに満ちた話だった。人は、おそらく狂気と言うだろう。戦争中の、それも負け戦が濃厚となってなお、ひとりの将校が現地の女性と結婚式を挙げるという出来事がインファンタで起こっている。

この将校の名はいまも現地では非常に有名である。O大尉であり、ナショナル・アーカイブスの裁判記録にも明かされているが、町でみそめた女を部下に命じて拉致し、以後、降伏まで囲いつづけた。記録には、この女性は、アナコレッタ・ヒメネスという名で登場し、性交は二分間であった、などと生々しい証言をする。裁判というのはそういうディテールまで容赦なく追及するものであり、この有名な証言のおかげで、日本人はたった二分なのかと、未だに揶揄《やゆ》をこめて噂される元にもなったのだ。

O大尉が手ごめにしようとしたのは、実は、アナコレッタの姉、アヌンサシオンで、拉致しようとしたが逃げられて、仕方なく妹のほうを連れていったのだという。このアナコレッタ・ヒメネスは、愛称をコリーンといい、O大尉は部下にいた神主を立てて結婚式まで挙げている。すでに降伏は時間の問題という時期、拉致して囲った女と結婚の宴とは恐れ入ったものだが、これは本当の話である。

一体、何を考えていたのか。上官や部下もそれを認めていたとは狂気の沙汰であると、ふつうは断じるだろう。が、筆者はその異常さにさほど驚きをおぼえない。というのも、当時のインファンタ、古瀬部隊が三宅部隊を餓死に追いやった事実をもって、すでに異常であったからだ。この期に及んで拉致した女と結婚式もあるまい、あきれたものだと単純に非難するには、事態は複雑怪奇すぎる。

例えば、いまも脈々とあるコリーンの黄金伝説は筆者をして大いに興味をおぼえさせた。

コリーン・トレジャー。

この言葉を知らないインファンタの住民はいないと言ってよい。O大尉に拉致され囲われていたアナコレッタは、戦後、自由の身になるや、とんでもないことを言い出したのだ。すなわち、O大尉と寝起きをともにしていたアゴス川上流の宿舎には、黄金の延べ棒が山と積まれており、自分はいつもそれをみていた、と。

インファンタが黄金伝説のメッカとなるのは、そのコリーンによる証言ばかりではなかった。いまも複数の年老いた住民が言うには、当時、夜の外出が禁止され、家々は窓を閉めておくようにとの厳命が下っていた。いわば戒厳令だが、それでも人々はそっと窓の外をのぞいてみるくらいのことはしたと言う。

先のO大尉同様、いまも、フルシ、フルシ、と呼ばれる非常に有名な将校がいる。言うまでもなく、古瀬少将である。なぜそれほど有名なのかは、当時、夜中にそっと家の窓から外をのぞいた住民たちが目撃したことに起因している。すなわち、若い男たちが日本軍に駆り出され、日本兵の一団とともに、闇に乗じて重い荷物をアゴス川の上流へ、上流へと運んでいく、その様子をみていた。駆り出された若者らが帰ってこなかったケースもあったのだと、虐殺よりもリアルな話を聞かされて筆者は驚愕したものである。さては虐殺とは、秘密の労役に従事させた若者をその財産もろとも地中に埋めたことをも指しているのではないかと疑ってみた。

この疑いには、根拠がある。

まったく奇妙としか言いようのないマルコス・ハイウェイの存在がその最大のものだ。太平洋に流れ込むアゴス川の河口より一五キロほどさかのぼったところで、川は右（カナン）、左（カリワ）とふた手に分かれる。左手のカリワ川をさらにさかのぼり、黄緑色の小山を中心に大きく右に曲がる左岸の滝近くだ。一体、なんのためにこんなところへ道がきて、ブッちぎれているのかと、その不思議さに首をかしげざるを得ない。

これはマルコス政権時代、マルコス大統領の特命により、マニラ東方山岳地帯のボソボソから振武集団の敗走の跡をたどるようにつけられた道である。揶揄と嘲笑をこめて、マルコス・ハイウェイなどとかつては呼ばれた。かなりの道幅で、当時は軍用トラックが往き来していたと言われるが、その後、まったく忘れ去られ、いまでは熱帯の樹木と落葉におおわれて獣道のようになっている。インファンタの町の手前で突然終わる、この不可思議な道がなぜマルコス大統領によってつけられたのか。あたかも山中の私邸へと向かうためだけに利用されていた道が、家がなくなると同時に誰も使わなくなったようなものだった。

そこでにわかに現実味をおびてくるのが、コリーン・トレジャーであり、インファンタでは未だに有名な話とつながってくる。大統領はまず間違いなく、トレジャー・ハンティングのための道をつけたのだ。しかも、その道は日本軍の敗走跡であるが、点在する廃鉱跡をもたどるようにつけられている。

古瀬少将が下した夜中の外出禁止、閉窓令もまた、そのような傍証をみればにわかに意味をおびてくる。今日、インファンタの町で聞こえてくるのは、日本軍の残虐行為などではなく、そこがまさにトレジャー・ハンターのメッカとなった由縁ばかりなのである。

以上のことから思い起こすのは、マニラの虐殺者とまで呼ばれながら、その玉砕後に階級を上げることで労をねぎらわれた岩淵三次少将である。城壁都市イントラムロス（スペイン統治時代からの旧市街でいまは観光名所のひとつ）に立てこもり、勝ち目のない無謀な市街戦を挑んだのはなぜだったか。

山下大将の陸軍が去ったあと、岩淵率いる海軍はあえて高い塀の内側に閉じこもるわけだが、それはインファンタにおける古瀬少将が友軍さえも寄せつけず、餓死に追いやった状況と非常によく似ているのだ。一体何ゆえに、と問いたくなるのは道理というものだろう。

スターリング・シーグレーブがその著『マルコス王朝』で、岩淵らは最高司令部の命令により、海軍がアジア各地から収奪してマニラへ運び込んでおいた財宝の類をさまざまな場所に隠匿する目的があったと述べているが、いまや否定できない事実のように筆者には思える。そして、やはり同じ海軍が閉鎖したインファンタの異常な状況は、それと同類の何かであろうと考えざるを得なくなってくる。

コリーンことアナコレッタ・ヒメネスは、戦後間もないうちに死亡しているだけに、よけいに財宝伝説がふくらんでいったきらいはあるが、洞窟の奥、左右に積み上げられた財宝群、宝石のちりばめられた冠、アンブレラ（傘）などがあったという彼女の証言がいまも脈々と生きているのは尋常ではない。しかも、フルシなる古瀬少将や、キャプテン・コワハラなる桑原大尉の名がいまも少なからずの人々の口にのぼるのである。

二　さらなる伝説の地

ルソン島はブラカン州にあるイポー・ダムは、マニラ首都圏の北隣に位置する重要な水源地である。アンガット川をせき止めてつくられたこのダム周辺は、現在、ＭＷＳＳ（マニラ首都圏上下水道局）の管理下に置かれている。そこは、大戦末期、マニラの水源を確保しようとするマッカーサー傘下の米軍と、それを阻止しようとする日本軍との間で激しい戦闘が行われたところでもある。

戦ったのは三大拠点構想のひとつ、振武集団で、その受け持ち地域（マニラ東方山岳地帯）の北のはずれに当たっていた。山下大将直下の尚武集団はバギオを中心とした北部に展開するが、大将自身も昭和二〇年のはじめ、バギオへ退却する途上にここを訪れている。

さて、筆者が先ごろの取材で目にした二枚の地図がある。中央上にＮＯＲＺＡＧＡＲＡＹ（ノースアガライまたはノーサガライ）と印刷された五万分の一の地図。ひとつは白地、もうひとつは土質、鉱質を色分けで示したカラー地図である。日本では、一般の書店でどの地域のものでも手に入れることのできる、社会科の教科書に載っているようなものだ。

しかし、フィリピンにおいては少し事情がちがっていて、一般にはなかなか手に入らない。白地のものは、国防省のあるアギナルド基地で、色つきのものは、ケソン・シティーのビューロー・オブ・マインズ（鉱山局）で、特別な事情のある者にかぎり、閲覧および購入を許されている。筆者がみたのは、そのうちのイポー・ダムを中心としたブラカン州、ノースアガライ地区のものである。

そこには、社会科の教科書でもお馴染みの鉱山・鉱区を示す×の上ふたつが下に折れ曲がった⚒（鉱山）の印が数ヶ所ある。が、これだけでは何の鉱山なのかはわからない。いや、一般にはわからない仕組みになっているのだ。というのも、ケソン・シティーの鉱山局の原図は、これが二重になっていて、もう一枚をかぶせると、そこにそれぞれの説明があり、何であるかがわかるようになっている。それによると、このノースアガライ地区に数ヶ所ある⚒印は、すべて金鉱脈である。

ちなみに、各々の鉱区がどのようになっていたのかは、この鉱区が属する地域（ブラカン州の場合は隣のパンパンガ州）の鉱山局事務所に保管されている。

実際、このイポー・ダム周辺は、戦前より金の採掘が行われており、サラコット・ゴールド・マイニングなどと呼ばれていた。

さて、ここにひとりの男がいる。名をダニー・アブレラ、今年（一九九八年）三月一三日に五〇歳になったというから、筆者と同じく戦後生まれの世代である。鼻の下にチョビひげを生やした色の黒い、背の高い男だ。銃の収集が趣味で、家には数人で銀行を襲えるほどの武器が並べられている。イポー・ダム周辺で彼の名を知らない人間はまずいない。それほど有名になったのには、もちろん理由がある。

彼の父親は、戦前、アメリカの統治下で、そのイポー・ゴールド・マイニングにおいて、オペレーション・マネージャーとして働いていた。戦争がはじまると、日本軍の侵攻があまりに速かったため、米軍はこれら金山の破壊ができないままに撤退していった。その際、ダニー・アブレラの父親は、ここより採れた砂金、金塊等をドラム缶に詰めてこれらの鉱区および周辺に、現在でも網の目のようにある巨大な鍾乳洞等を使って隠匿したのを目撃していた。

そのため、戦後生まれの息子、ダニーにそれらを夜な夜な話して聞かせ、いつの日かともに財宝をみつけ出すことが父親の夢であったという。が、病におかされてあっけなく世を去ってしまった。あとには、大量のセピア色に変色した、当時の金山およびその周辺の写真ならびに鉱区の見取り図等が残された。

当時、技術学校に通っていたダニーは、暇をみつけてはその近辺をハイキングを装って散策して回る。時には知人の猟のお伴をして回ったこともあり、そうして彼はイポー・ダム周辺の山々をほとんど踏破していった。

時は流れ、ダニーは年ごろになり結婚する。が、そうなると水道局管理の地区をただハイキングを装って歩くわけにはいかなくなった。いろいろと考えた末、激戦で焼かれて裸同然のこの水源地帯の植林のボランティアを思いつく。幸い奥方の家が比較的裕福であったので、ケソン・シティーのライオンズ・クラグに加入し、その後ろ盾で植林を中心とした慈善団体をつくり、そのターゲットをイポー周辺に絞った。こうして彼は、どこへでも許可なくして自由に散策できるようになり、つまり大手を振って宝探しに精を出しはじめたのである（このダニーの慈善事業は後年、ラモス大統領より表彰を受けることになったのは皮肉だ）。

そんな日々のなかで、彼はひとりの老人（オールド・マン）と出会う。そして、この老人から彼の人生を変えることになる大変な打ち明け話を聞かされるのである。

老人は、ダニーに次のように語った。

〝当時、イポー・ダム周辺は日本軍の厳重な管理下に置かれており、住民の行動にも制限があった。とくにダムの北西約五キロほど上ったところは、検問所が設けられ、フィリピン人の立ち入りを禁じられていた。

そんなある日、マニラ方面より大量のトラックが荷を満載して到着した。若い村人の男たちも駆り出され、それらの荷物の運搬を手伝わされた（老人もそのひとりであった）。荷は坑道の奥深くへ運ばれて、なかにはトラックごと入っていくものもあった。

そのうち、ふと（老人が）坑道の天井に目をやると、大量の爆薬がしかけられているのが目に入った。(老人は)何かしら言いようのない不安、恐怖をおぼえたため、隙をみて逃げ出し、二度とその近辺に足を踏み入れなかった。

しばらくすると、案の定、遠くビクテの町(イポーより西に約一〇キロの地)でも大地を揺さぶるほどの大音響が聞こえ、住民を驚かせた。

その後、マニラに進攻したマッカーサーは、マニラの水源地を日本軍に押さえられていることに激怒し、供給口を開けるために短期イポー・ダム奪還の至上命令を下した。これを受けた米軍と、巨大な鍾乳洞を巧みに使って強固な要塞を築いていた日本軍守備隊との間で、ダムをめぐる血みどろの攻防戦が戦われた(このことは戦史にも詳しい)。その際、米軍機により、日本軍要塞をまる裸にすべく、途方もない量のガソリン爆弾がまかれ、一帯は火の海と化した。

さて終戦後、あのイポー・ダム北西の坑道に足を向けた村人たちは、その入口におびただしい数の日本兵の亡骸を発見した。数台の壊れた車両があり、なかにはカレッサ(馬で引く乗用馬車)も含まれていた。(老人ら)村人たちは、これらの日本兵から金歯を抜いてまわった。その量たるや、ヘルメット一個に山盛りあった。

しかし、(老人が)もっとも驚いたのは、あの大坑道の入口が跡形も無くなっていたことだった。それもそのはずで、よくみてみると、まさに山半分が押しつぶされたように完全に破壊され、家一軒分もありそうな大岩石塊が数十も林立していたのだ。多数の日本兵の死体状況から、大爆破後に起こった日米の戦闘による犠牲者であることは誰の目にも明らかだった〟

この老人の話を聞いて、ダニーは内心の驚きを禁じ得なかった。というのも、その大坑道およびその周辺こそが彼の父親が戦前に働き、多くのスナップ写真や坑道見取り図を残してくれていた場所だったからである。この一帯はその後、マルコス時代に、マルコス・クロニーによって、いわゆるランド・グラッパー（土地の不法奪取）の嵐に見舞われ、クロニーのひとりの手に落ちた。もちろん、その財力にモノをいわせて周辺を掘りまくったことは言うまでもない。

しかし、不思議なことに、そのふさがれた大坑道の入口だけは手つかずであった。それというのも前述のようにあまりに跡形もなく崩れ去っていたために、土地の所有者が雇い入れた自称、超能力者も気づかなかったというわけであった。

ところが、三年あまり前（一九九五年）、果敢にもダニーを含めたトレジャー・ハンターたちはこの元大坑道に挑むことになる。彼らのとった方法とは、キャタピラーのついた自走式の岩石穴開け機で、これらの巨大な岩石の塊にダイナマイト装塡の穴を開け、一つひとつの岩石を爆破して砕き、石塊を大型ショベルカーとブルドーザーで片づけると、また次の岩石塊に立ち向かうというものであった。

筆者は、そのリーダー格の人物と話をする機会を得た。昨年（一九九七年）の雨季入り前のことで、その話の内容を次に紹介しよう。

〝私（リーダー）がはじめてあの現場に立った時、大きなコンクリートのビルを破壊するように命じられながら、ハンマーひとつを手にしてビルの前に立ちすくむような心地がした。非常な無力感に襲われはしたが、同時に、これはただものではない、本物だという確信めいたものが私の身内を通りぬけた。それをトレジャー・ハンター魂というのかもしれない。ネバー・ギブアップの精神に支えられた人々が私の周りにたくさんいたがためにはじめられたようなものだ。

作業半ばにして、突然これらの岩盤と岩盤の間に、人ひとりがやっと入れるほどの穴がポッカリと開いた。

我々はライトを持ってそこからなかへ入り、通りぬけが可能な隙間をみつけてはいまにもくずれ落ちそうな岩のなかを這いずり回った。

約五〇メートルほど前へ進み、もうこれ以上は行けないというところに小さな穴が開いていた。

そこからライトを照らしてなかをのぞき込むと、驚いたことに、床も両脇の壁も凹凸ひとつない真っ平らな坑道がずっと奥まで延びていた。

よくはわからなかったが、人骨らしきものが散乱していた。またなかからかなり強い風が、それも冷たい風が吹き出しており、そのにおいから推測すれば、その坑道はおそらく周辺に網の目のようにある巨大な鍾乳洞のどこかとつながっているにちがいなかった〟

だが、彼らは坑道の入口まであと一歩というところで、思いもかけないアクシデントに見舞われる。大型のショベルカーが自分の掘った穴にすべり落ちてしまったのだ。それを引き揚げるのに、ほかのショベルカー、ブルドーザー二台を使い、ようやく穴から出したものの、キャタピラーがこわれるなどして使用不能となってしまった。折から雨季がはじまって、作業は中止せざるを得なくなったという。

リーダー格の人物は語る。

「一体何をやっているんだとショベルカーの運転手を叱りつけましたが、別に運転を誤ったわけでもなさそうなんですね。何かしら霊のようなものに引きずり込まれたのではないかとも思えるんです」

自分が掘った穴へズルズルと誘い込まれるように落ちていったと言う。そして、猛烈な雨の季節（六月〜九月）が明けて現場へ戻ってみると、せっかく苦労して掘った穴は、すっかり元どおりに土砂や岩で埋めつくされていた。それをみて、本当にガッカリしてしまったと、リーダー格の男は話したものである。

トレジャー・ハンターというのは、多分にひとりよがりの自信家で、かつ夢想家でもある。そうでなければ、世界でもっとも金のかかる、危険なスポーツと揶揄されるトレジャー・ハンティングに身を投じることもないのである。

ところで、戦後、このイポー・ダムは拡張工事がなされた。その際、ダムに通じる山の斜面から二、三函、あるいはもっと多くの金塊の入った箱がみつかっている。発見者は工事を請け負った土建業者であるが、金塊がみつかったこと自体は紛れもない事実のようで、これなどは元日本兵のTV番組における証言とも一致していて興味深いものがある。

三　サンタクルス・ビジネス

そんな財宝伝説の絶えることのないフィリピンには、やはりいかにもらしいビジネスがある。つまり、金銀、白金、そのほかの貴金属の取引、手形の割引はもちろん、金の保証書の割引、ダイヤモンド、軍票、マルコス時代のお金（ABL）、ニッケル・ボビット、カーボン・フラックス、遺産相続の仲介などなど、挙げればきりがないほどだ。フィリピン在住の日本人なら、一度は取引をもちかけられたことがあるはずの、非常にポピュラーな話である。

そのほとんどが、おそらく詐欺、でなければ限りなく詐欺に近い、つまり、もちかけてきた当人が誰かにだまされている。筆者の知り合いである現地進出日系企業の社長は、巧妙な相手の仕掛けにあやうく被害に遭うところだった。

ホテルのロビー、茶房、ファスト・フードの店は、そのような取引に従事している人間のたまり場と言ってよい。コピーの束をお馴染みの茶色の封筒にあふれ返らせて右往、左往しているのですぐにそれとわかるのである。

それらを称して、サンタクルス・ビジネスと呼ぶ。

マニラ首都圏のビジネスの中心は、現在はマカティである。が、そこは戦後、計画的に開かれた街であり、それまではパッシグ川のほとり、キアポ地区であり、チャイナ・タウンと隣り合わせた騒然とした街が中心であった。かつては、ほとんどの銀行がここに集中し、いきおい前述のビジネスに従事していた者たちも付近の茶房にあふれていたと言われる。

そこにいまも古い教会、サンタクルス・チャーチが建っているが、これにちなんで、茶封筒をかかえて行き交う人々をサンタクルス、そして、その取引をサンタクルス・ビジネスと呼ぶようになったのである。

そのビジネスはまことに多種多様、おどろくべき話の連続なのだが、ひとつ確かなことは、かぎりなく詐欺に近い話であるにもかかわらず、それぞれのケースをたどってみると、確かに何かがあるのを感じてしまう。つまり、フィリピン人の血がそうさせるという部分とは別に、そういうビジネスが絶えることなく成り立つだけの必然がそこにあると言わざるを得ない。

日本のように古来、天皇制が存続し、革命らしい革命もない国では、一度閉じられた本は容易に開かない。これを彼らは〝クローズド・ブック〟と呼ぶ。

ところが、フィリピンのような国では、本はしばしば開かれる。

例えば、無血革命と言われ、マルコス一族のみならず世界の独裁者を震憾させた二月革命（エドゥサ・リボリューション）の際には、マラカニアン宮殿（大統領府）に反乱兵ばかりではなく一般市民もなだれ込んだ。そのようなことが起こる、つまりフィリピンではつい一二年前（一九八六年）にも本は開かれたのである。

マライ系やインドネシア系の原地住民のなかへ、中国人が渡来し、スペイン人がやってきて長く支配下に置き、さらにアメリカが統治し、短い期間ではあったが日本が軍政を敷き、といったふうに、異民族に支配されつづけた国には、日本人には理解できないような事実も存在することを肝に銘じておかねばならないだろう。

第二章

一　イギリスのこだわり

大東亜戦争を解釈するのに有効なひとつの方法は、まちがいなく山下奉文《やましたともゆき》とその運命を読み解くことだろう（*もうひとり、対米戦を無謀な戦いとして反対を唱えながら、最後は真珠湾攻撃を立案して実行した連合艦隊総司令官・山本五十六《やまもといそろく》も忘れるわけにはいかないが、南方の孤島・ブーゲンビル島で米軍機に撃墜されて戦死〔一九四三年四月。国葬は六月〕しているので、本書からは除外する）。

そこに開戦時の首相・東條英機《とうじょうひでき》がからんでくることは言うまでもない。大きな山下と小さな東條は、表面上の体裁とはちがって相当な確執があったと言われる。山下（当時は中将）がシンガポールを陥落させた時、日本国民は狂喜してバンザイ、バンザイの大合唱であった。当然、山下は一躍英雄となり、だが、やがてソ連と国境を接する満洲へと向かったのは、東條が閑職へと追いやったのだという説がある。

そんなことはさて置き、山下大将（満洲時代に大将へ昇進）ほどにこの前の戦争を象徴的に物語る軍人はいない。つまり、緒戦のシンガポール陥落の名誉の将であり、かつ、敗戦の後始末をするためにフィリピンへと向かい、最後はバギオ北方で投降、処刑されてしまう悲劇の将でもあるからだ。

そういう山下の運命に照らせば、この前の戦争はなんだったのか。確かに最後は惨敗につぐ惨敗ではあったが、緒戦にシンガポールを陥落させ、その後も蘭印（現インドネシア）、ビルマ（現ミャンマー）、フィリピン等の占領に成功し、英米仏蘭の勢力を一掃したことの意味は重大である。先にフィリピン通かつトレジャー・ハンターとして紹介したO君によれば「一勝一敗」ということだ。それは、東南アジアにおける白人支配の終焉であり、一度は日本の支配下に入ったことで、大変な歴史の転換をもたらしたのである。

大英帝国はアジアに広大な植民地を有し、そこからの搾取はイギリス本土をうるおしていた。とくにマレー半島の良港、シンガポールはアジア支配の要だった。そこに、支配地からの物資はもとより、一説には、ドイツの進攻を恐れてイギリス本国から富、財産の一部がシンガポールに運ばれていたと言われる。

その難攻不落をうたわれた要塞を予想に反する迅速さで攻略したのが山下奉文中将であったわけだが、一方、敗れた英軍のパーシバル中将は、屈辱的な無条件降伏にそのプライドをいたく傷つけられる。その恨み、つらみたるや、相当なものであったことは、三年後には立場が逆転、山下がマニラ軍事裁判で絞首刑を宣告される場になぜか姿をみせていることからもうかがい知れる。

パーシバルの、つまりイギリスの無念は、戦後もずっと尾をひいていく。一九七一年の昭和天皇訪欧の際、ちょうどロンドンにいた筆者は、天皇の顔もみたくないと言い残してロンドンを一時留守にする複数のベテラン（退役軍人）のことが話題になったのをおぼえている。

実際、イギリスのこだわりはかなりのものだった。もし、アメリカが連合国の主導権を握り、日本の戦後賠償を軽減させる方向へ動いていなければ、一体どうなっていたか。幸か不幸か、全体主義を叩きつぶしたあとに生まれた戦後の冷戦構造は、アメリカをして日本、韓国、台湾、タイ、フィリピンなどを反共の防波堤とする考えに至らしめたことで、我が国は賠償面で手心を加えられる。賠償の負担によって日本の国力をそいでしまうことをアメリカは恐れたと言われているが、それに反対する側の先頭に立ったのがイギリスだった。

結局、連合国としては直接に戦後賠償を求めることは放棄するが、各国が独自に日本と交渉する道だけは残されることになった。現在でもくすぶる軍票問題などはここに端を発している。香港やフィリピンなどでは、戦後、紙くず同然となった軍票を後生大事にとっていて、いつかなんとかなるのを待っている人が少なくない。マニラではトラック一杯分もある軍票をもっている人物がいて、その執念たるや、筆者のような者にもなんとかしてほしいと訴えてくるから驚きである。

だが、イギリスのこだわりの極めつけは、三二ヶ国を結集してフィリピンに隠匿された財宝の所有権を国際法廷に訴えて取り決めたことだろう。日本の戦後賠償は終わっているが、表面には出せない問題が未だくすぶっていることの、それは明快な証しと言える。つまり、日本軍による南方物資の調達、奪取にともなって生じた問題、いわゆる山下財宝の問題がイギリスの音頭とりで国際裁判所に提訴されたことは、極めて示唆的と言わざるを得ない。

それによると、まず一九四五年より一九八五年まで（四〇年間）の期限つきで、フィリピンに隠匿された財宝類はフィリピンのものではなく、それが持ち出された国々のもの、とされたのである。これはのちに二〇年の延長が決定されて、二〇〇五年まで、となった。たとえフィリピンの地下から金塊が発見されても、法的には、フィリピン政府のものでもなければ掘り出した人間のものでもなく、刻印にビルマとかスマトラとか記してあれば、その国へ返さなければならない。従って、ゴールデン・ブッダ（黄金の仏像）もまた国際法に照らせば、ロジャー・ロハスのものでもなければ、それを奪取したマルコス大統領のものでもないのである。

このような法にイギリスが先頭に立って取り組んでいること、それだけでシンガポール陥落の意味が透けてみえる。イギリスにとっては紛れもなく一敗を喫したのであり、植民地から収奪して蓄えていた財産が勝者によって奪われたことは、戦争の常識とはいえ、あきらめきれない無念であった。もちろん戦争末期には、シンガポールをはじめ南方から最後の激戦地、フィリピンへ、最後の財宝類が運び込まれた事実をつかんでいなければ、わざわざ三二ヶ国を結集して国際法をつくるという面倒なことをするはずがないのである。

それはまた、表に出ている史実とはちがった闇の世界をうかがわせるに足るものだ。マルコス大統領もこの法があるために、掘り出した山下財宝をひそかに国際規格の金塊に鋳造しなおして、国際市場やスイス銀行に持ち出さねばならなかった。八〇年代の初頭、あまりに大量の金塊を放出したがためにロンドン市場をゆるがした一件は、マルコスの「黒鷲の取引」と呼ばれてまさに黒い話題を呼んだのだった。

ところで、戦後、日本に連合国最高司令官総司令部（ＧＨＱ）の最高司令官、すなわち連合国軍最高司令官（ＳＣＡＰ）として進駐したマッカーサーは、その闇の世界を日本はウィロビー、フィリピンはエドワード・Ｇ・ランズデールに担当させた。そのため、日本の戦後すぐに起こった数々の不可思議な事件と同様のことがフィリピンでも起こったのである。それらの役割は、のちにＣＩＡ（アメリカ中央情報局）に受け継がれることになるのだが、フィリピンにおける山下財宝とマルコス資産の関係についても、相当な情報合戦がくり広げられたことは想像にかたくない。

一九八六年、マルコス大統領がハワイへ飛び立つ前に、金の証書がつまったアタッシュ・ケースを香港からロンドンの某所へ運べと命じられたペール・アンダースマックも核心部分は未だ隠したままだが、当時、ＣＩＡが金の証書を手に入れてマルコス資産の奪取をはかったという先ごろのフィリピンの新聞報道もあながち的はずれではないだろう。なぜなら、ＣＩＡの任務のひとつには、工作の資金源を確保することも含まれているからだ。

前述したサンタクルス・ビジネス（主流はやはり金塊の取引）にも、筆者がその背後に何かしら裏の世界をみるのは理由があってのことである。例えば、大量の金塊の所有者のひとりに、ホセ・アントニオ・セベリノ・ディアス・ガルシア・デラパス・サンタ・ロマナという長ったらしい名前の人物がいる。通称サンタ・ロマナで、「サンタ・ロマナの金塊」と呼ばれているのだが、この人物の表向きの名前は、エドワード・ランズデールという。

ここで、サンタクルス・ビジネスにたずさわる者（単にサンタクルスと呼ばれるが、サンタクロースともじって称されることもある）の間でひそかに回覧されている秘密文書の一部を紹介する。

◎山下財宝以外のフィリピンにおける財宝について

a　明朝時代の中国から運び込まれた金塊。

b　スペイン時代にガリオン（トレード）船で運び込まれた金塊。

c　第一次世界大戦の勃発と同時にドイツからUボートを使って運び込まれた金塊。

d　第二次世界大戦中、欧州からアメリカの手で運び込まれた金塊。

◎金塊の所有権の移行について

第一次世界大戦の勃発とともに、政治的もしくは安全上の理由により、（金塊の所有者たちは）世界中の異なった銀行に保管していた金塊をすべてヒラリオ・カミド・モンカドなる人物の名義のもとに置いた。

このヒラリオ・カミド・モンカドという男は、当時フィリピンにおける大富豪のひとりで、フィリピンの銀行に保管されていたほとんどの金塊の所有者であった。モンカド将軍と呼ばれて、政界にも非常に大きな影響力のあった人物である。

前に、ハリー・ストーンヒルなる人物について、戦後すぐのアメリカ側財宝探査の大立者として紹介したが（第一章　二）、今年（一九九八年）四月、彼のかつての同僚で竹馬の友であるローレンス・トーマス・アレンなる人物がアメリカのコネティカットから日本および東南アジアを訪れていた。すでに七六歳になるが矍鑠《かくしゃく》として、フィリピン時代の友人たちと旧交を温めていたのだが、その彼によれば、ハリー・ストーンヒルは現在もタイの地方都市に住んで、その一族とともに悠々自適の生活を送っているということだ。かつて、ハリー・ストーンヒル・グループは多くの裕福な友人たちに囲まれて事業を行っていたが、そのなかにモンカド将軍も含まれていた。ラリーという愛称でよばれていたモンカド将軍は、当時、ケソン市に広大な屋敷をかまえており、現在もなお高い塀に囲まれてその威容をとどめている。

さて話は戻るが、第二次世界大戦の開始にともない、金塊の保証書および銀行に保管されている現物は、ダグラス・マッカーサー大将ならびにエドワード・ランズデール少将を介して合衆国政府に移管された。

このランズデールは前述のごとく、本名をホセ・アントニオ・セベリノ・ディアス・ガルシア・デラパス・サンタ・ロマナといい、次のごとく名前を使い分けていた。

Ⅰホセ・アントニオ・ディアス
Ⅱセベリノ・ガルシア・サンタ・ロマナ
Ⅲホセ・アントニオ・デ・ラ・パス
Ⅳデラ・パス
Ⅴマティアス・コンネ

つまり、戦後、マッカーサーがフィリピンへ差し向けた闇の人物こそ、膨大な金塊の所有者である事実は何を物語るのか。おそらく、マッカーサーもまた、イギリス同様、一敗を喫した無念を晴らすために活動をはじめた、そのひとつが〝サンタ・ロマナの金塊〟であったのだ。

そして、これは知る人ぞ知る事実だが、フェルディナンド・マルコスは政界における初期のころ、つまり弁護士時代に、このサンタ・ロマナに雇われて、彼の合衆国政府からの金塊および預金の償還のために法律顧問として尽力している。マルコスは、この機に乗じて、フィリピン政府への償還とみせかけて、これら金塊と預金を彼が直接、もしくは間接的に関わりのある基金、財団、公社、持ち株会社などに移管していった。

一九七四年、サンタ・ロマナはこの世を去ったが、マルコスの治世は戒厳令下、いよいよ独裁色をつよめていく。フィリピン中央銀行からの大量の金塊の海外銀行への移送は、マルコスの長期にわたる政権時代に、あらゆる方法で空輸、もしくは海上輸送され、時にフィリピン空軍の輸送機（C5）までがその任務にあたった。

二　アメリカ退役軍人とギンさん

さて、現在までに山下財宝について英文で書かれた書物のうち、主なものとしては次の五冊（出版年代順）である。

①『ザ・マルコス・ダイナスティ（THE MARCOS DYNASTY）』スターリング・シーグレーブ（STERLING SEAGRAVE）著 ハーパー&ロー出版（HARPER&ROW PUBLISHERS）刊　一九八八年（邦訳は『マルコス王朝』）

②『ア・ゲーム・ザット・ネバー・エンズ（A GAME THAT NEVER ENDS）』ジョン・クルサード（JOHN COULTHARD）著　ニュー・デイ出版（NEW DAY PUBLISHERS）刊　一九八九年

③『エイジャン・ルート（ASIAN LOOT）』チャールズ・C・マクドゥーガル（CHARLES C MCDOUGALD）著　サンフランシスコ出版（SAN FRANCISCO PUBLISHER）刊　一九九三年

④『マルコス・ゴールドを追って　ヤマシタ・トレジャーの本当の話』アルバート・ウマリ著　フィリピン財宝探査協会（THAPI）刊　一九九三年

筆者が紹介してきた著作である。

⑤『ザ・ブッダ、ザ・ゴールド、ザ・ミス（THE BUDDHA THE GOLD THE MYTH）』

これは、③の『エイジャン・ルート』の著者、チャールズ・C・マクドゥーガルが書いた最新版（サンフランシスコ出版刊　一九九七年）である。山下財宝とマルコス資産について、前書よりいくぶん系統立てて述べたもので、もちろんロジャー・ロハスの発掘の模様も再び登場させている。

②はフィリピン在住のイギリス人、ジョン・クルサードの書いたフィクションで、大東亜戦争における日本軍の財宝作戦と、その後、それらの金塊、財宝群が現代世界の経済体制にいかに影を落としているかをかなり詳細に、具体的にサスペンス仕立てに描いたものだ。

①および③⑤は、ＣＩＡ関係者かそれに近い人物、②はイギリス情報部関係者によって書かれたものであることは、その内容が一般人の手の届かないところまで及んでいることからもうかがい知れる。

また、これから紹介するひとりのアメリカ人の刺激的な体験談とそれを記した手紙は、日本サイドの旧軍関係者からは決して語られることがないものだ。それだけに、むしろそのアメリカ側からの証言にこそ信憑性が感じとれるのである。

そもそも、ゴールデン・ブッダはどこでみつかったのかについて、アルバート・ウマリがＴＶその他で、ブギアスのトンネルではないことを示唆して以来、ひとつの噂が飛び交った。つまり、バギオ・プロビンシャル・ホスピタル（バギオ州立病院）の地下壕でみつかった、というものだ。バギオ・ジェネラル・ホスピタルと通称されるその病院は、ベンゲット道からバギオ市内にさしかかる入口付近、左側の小高い山の上にあり、山下が一時司令部として使用したところである。

だが、先に紹介したウマリの著作以外（五作とも）は、すべてベンゲット鉱山の廃鉱に隠匿されていたことになっている（ベンゲット合併鉱山――Benguet Consolidated Mining――と呼ばれ、ほとんどが金鉱でバギオ近郊一〇～二〇キロの北東山中に散在する。スペイン時代から金の採掘が行われ、フィリピン中央銀行におさめられていたが、一九九四年に経営権に関する法律問題が起こり、現在金の採掘は中止されている）。

それは、ロジャー・ロハス自身の口からも、元朝日新聞マニラ特派員の大野拓司氏に語られていることは前述した（第九章　二）が、それやこれやを総合すれば、ほぼ断言してよい事実だろう。

さて、筆者の知人に、アウグスト・アルグゥスィーノ、通称〝ギン〟という名の、背の高い穏やかな初老の男性がいる。息子さんはアメリカに住んでビジネスを営んでおり、ギンさん自身もアメリカの市民権をもっているのだが、趣味がこうじて、一台五〇〇万円もする地下層の探査機（金属探知を兼ねる）をたずさえて原野を駆けめぐってきた。フィリピン人トレジャー・ハンターのなかでも名うてのベテランである。

一九九〇年、このギンさんがアメリカのトレジャー・ハンターの集会に出席した時のこと。ある品のよい老人が彼に近づいてきた。

老人は、ジェームス・ハーストと名乗り、ギンさんがフィリピン人であると知って、ぜひお願いしたいことがあると言い出した。そのお願いというのは、フィリピンに戻ったならば、ある場所を特定してもらいたい、というものだった。そして、できればその場所に赴き、写真を撮り、あるいはビデオでも撮ってもらえればありがたいのだが、と言う。

その後、ギンさんを自宅（彼は心理学者で大変な豪邸に住んでた）へ招き、信じられないような話をはじめたのだ。以下は、その時の話に加えて、後日、改めて送られてきた手紙の内容を総合したものである。

〝一九四四年十月、レイテ島に墜落したパイロットからの情報により、レイテ島の日本軍守備隊が手薄であることを知った米軍は、当初のミンダナオ進攻の予定を変更、ダグラス・マッカーサーともども大部隊をもってレイテ島に乗り込んでいった。

我々（ジェームス氏ら）は、このレイテ島進攻以来、終戦に至るまで、米空軍の一員としてフィリピン各地を転戦し、最後の任地、クラーク飛行場群のマバラカットに至った。

一九四五年七月のことで、すでにバギオは米軍の手に落ちていた。が、山下軍は未だバギオ北方山岳地帯に留まっていたし、また、フィリピン人ゲリラによってもたらされた次のような情報も含まれていた。すなわち、北部山中の鉱山でフィリピン人ゲリラおよび兵隊が日本軍の指揮のもとに労働を課せられている。ついては、私（ジェームス氏）の所属する米軍飛行隊が救出を要請されて、現地へ向かうことになる。

目的地付近の飛行場に降り立った我々は、首尾よくこの日本軍部隊を包囲、投降させたのだったが、その際、米軍部隊の指揮官と日本軍の指揮官（大佐）との間でなんらかの密約が交わされたようだった。

というのも、その後、我々は、実に奇妙な事実を発見したからだ。その地域では、日本軍のみならず、米軍、フィリピン軍が入り乱れ、一緒に働いていた。いわば秘密の財宝クラブ（もしくは組織）というか、戦利品の大市場のようなところだった。

滑走路をもつ鉱山で、鉱山技師用の宿舎および事務所や五〇〇フィートに及ぶエレベーターつきの縦坑とそれにつづく横坑があった。この縦坑の地下には、ゲストをもてなすバーのついた瀟洒《しょうしゃ》なレストランがあった。横坑のうちのひとつには、私（ジェームス）の背丈（約六フィート）よりも高く積まれた金塊の山が奥へとつづいていた。それだけではなく、指輪、ネックレス、ブレスレット、腕時計、小さな金のナゲットなど、ありとあらゆる貴金属があふれていた。

我々は、それらを飛行機へ運搬する役を担わされた。そして、最後にその地域を離れる時、めいめい持てるだけの財宝をもって飛行機に乗り込み、最終目的地、アメリカへと飛び立った。

その前のある日、大音響がとどろいたので守衛にたずねると、坑をふさいだ（シーリング・

オフ・ア・トンネル）と言った。ものすごい数の人間が一緒に生き埋めになったにちがいない、と。

本国に生還した我々は、間もなく首都ワシントンへ呼び出しを受けた。そして、フィリピンでみたことはすべて忘れるように、また、絶対に口外しないようにと厳命されたうえで、一本の注射を打たれた。

その後、奇妙な体験のことはすっかり忘れてしまっていた。が、一五年ほど経ったころから、徐々にだが、記憶が戻りはじめた。すると、どうにも落ちつかなくなり、元の同僚や上官を訪ねては、一体あれは何であったのかと質問をしてまわった。しかし、誰も口を閉ざしたままだった。

ところが、たったひとり、私（ジェームス）がミスター・C《シー》と呼ぶ人物だけは、私の記憶にある体験を肯定してくれた。彼は、私が当時目にして考えた秘密の〝財宝クラブ〟が特権的なクラブとしてあったと述べ、そのメンバーだけが戦利品を取り扱うことができ、彼らはメンバーの印として黄金の指輪をはめていた、と説明した。しかし、私にはそのメンバーになる資格はないので、これ以上は知り得ないし、また知ろうとすることは危険である、と告げた。

だが、私は、あの時米軍が持ち出すことができたのはほんの一部、それも軽い物だけであったことを知っている。ほとんどの財宝は、あの大音響とともにフタ《シール》をされてしまい、まだあの場所にそっくりあると信じてきた。

その後、戦友会に出席したりして情報を得ようとしたが、同僚はひとり、またひとりと亡くなり、上官もまたとうにこの世を去ってしまった。正確な財宝の隠匿場所を知っているのは、おそらくもう私だけである〟

そんなわけで、フィリピンに戻ったギンさんは、その場所の特定を急ぐとともに、再びアメリカに渡り、ジェームス氏に会って情報の交換を行ってきた。が、そのジェームス氏も一九九七年、この世を去った。

彼が残した明瞭なスケッチ、手紙等はその後、フィリピン財宝探査協会（THAPI）の手で追求、分析が行われた。手紙の文面から受ける誠実さからもそうだが、ギンさんが会った当時はすでに功なり名を成していたこの老心理学者がまさかみずからの心理学の実験のためにこのような途方もない話をデッチ上げ、真面目な初老のフィリピン人をペテンにかけるとはとうてい思えない。しかも、ギンさんが米比を往復するための航空運賃まで負担していたのである。

そこは、もう改めて述べるまでもなく、ベンゲット金鉱群のひとつであった。ジェームス氏が残した描写やスケッチから、その位置関係をつきとめるのはむずかしい仕事ではなかった。が、筆者は、それをここで特定して各方面の関係者に迷惑をかけることは避けたいと思う。

ただ、筆者は、このジェームス氏の挿話がアメリカ側からの率直な証言として、たとえ不完全なものであっても、山下財宝の存在を推測するに極めて重要な意味をもつことだけを確認しておきたいのである。

三　財宝裁判とロジャーの運命

一九八六年二月、マルコス大統領一家およびヴェル参謀長一家ほか複数のマルコス・クロニーと呼ばれる一族がマカラニアン宮殿を追われるようにハワイへ飛び立ってエドゥサ革命が成立したことは、改めて述べるまでもない。

その後、アキノ政権が発足すると間もなく、マルコス王朝の不正蓄財、いわゆるマルコス資産の追及がはじまったこともよく知られている。アキノ大統領の号令一下、PCGG（よい政府のための大統領委員会）が設けられ、マルコス一族はもとよりクロニーに至るまで、広範囲にわたって強力な捜索が行われた。

この結果、全世界に隠匿された銀行預金、金銀、貴金属等の財宝類、不動産など、わかるかぎりのものがPCGGにより凍結された。これにより、マルコス・クロニーとしてリストアップされ、その資産を押さえられた人々は、確認が取れただけで二〇〇名以上にのぼり、なかには大富豪からひと晩で一文無しになった一家まで出てきたほどである。もちろん、そのうちの何人かは長い裁判闘争の末、資産の凍結を解かれた者もいる。

こうした状況のなか、戒厳令当時、傷つけられたり殺されたりした人々およびその家族がマルコス一族を相手取り、人権侵害のかどで訴えを起こすことになった。もちろん、ロジャー・

ロハスやアルバート・ウマリらもそのリストに名を連ねたばかりでなく、独自にゴールデン・ブッダの一件でマルコス大統領とその夫人、イメルダ・マルコスを相手取り、不法に強奪されたとして損害賠償と人権侵害の訴えを起こすこととなる。

その後、マルコスの海外資産が次々と明るみに出たことに呼応して、バギオにおける国内裁判に加え、アメリカ人グループで構成されたゴールデン・ブッダ・コーポレーションおよびフィリピン財宝探査協会の支援により、マルコス一族の滞在先、ハワイでも一件の裁判を争うことになった。

時は移り、マルコスが亡くなったあと、九〇年代に入ると、イメルダ・マルコスとその家族、クロニーの一部が本国帰還を許されることになるのだが、そこで再び、彼らの常套手段が息を吹き返すことになる。その第一が、ロジャー・ロハスの兄弟に対する威嚇と買収であった。すなわち、現在、バギオ第一審裁判所に保管されてある仏像（ニセ物）こそが実際にロジャーの掘り出した仏像であると証言すれば、相当量の金銭を用意するという申し出が兄弟に対してなされたのである。

また、ウマリおよびフィリピン財宝探査協会に対しても、即刻訴えを取り下げ、またウマリの著作に使われた本物のゴールデン・ブッダの写真ネガを捨て去るならば、これまた相当量の金銭を用意するとの申し出がイメルダ夫人の弁護士よりなされたのである。

協会内部では、その件をめぐって激論が交わされた。が、そのような買収に応じることはことの重大性を認識しない者のすることだというウマリほか少数派の意見が通り、結局、先方の申し出を蹴ることになった。そして、この瞬間から、ロジャーならびにウマリの命は保証のかぎりではなくなったのだった。

最初は、ロジャーに運命の時が訪れた。時は一九九三年五月二五日、早朝、ハワイ連邦地裁へ証言のために赴く途上、自宅からニノイ・アキノ国際空港へと向かう車中、突然の心臓発作が彼を襲った。前夜のパーティーから行動をともにして、その体調の崩し方が尋常ではなかったのをみていたウマリによれば、ロジャーのグラスに何者かが毒を塗りつけたとしか考えられないと言う。が、証拠はなく、死因は心臓麻痺とされた。

それは、マルコスがもっとも好んだ政敵の抹殺方法だと言われている。かつて、同じ空港で凶弾に倒れたニノイ・アキノも、それがもしマルコスの直接の命令であったなら、空港から自宅へ向かう車のなかで心臓発作を起こさねばならなかった。従って、あれは取り巻きが勝手にやったことにちがいないと言われる根拠となっているほどだが、ロジャーは伝統的な手段を受け継ぐ何者かの手で抹殺されたにちがいない。

ロジャーを失い、その妻ヴィッキーもアメリカへ駆け落ちしたまま戻らず、家族がバラバラになってしまった一族は、ロジャーの兄がイメルダ側の申し出にやむなく首を縦に振ったという風聞が流れた。徹底抗戦をとなえるウマリら少数派の意見に同意しないフィリピン財宝探査協会の女性顧問弁護士も、やがて袂をわかつことになる。

そうして迎えた一九九六年五月三〇日、バギオ第一審裁判所は、ロジャー・ロハスらの訴えを却下する判決を下した。

だが、それから五〇日後の七月二〇日、今度はハワイ連邦地裁が訴えを認め、イメルダ・マルコスおよびその一族に対して、原告（ロジャーに代わってフィリピン財宝探査協会が原告）に二二〇億ドルの支払いを命じる判決を下した。これにともない、スイス政府はイメルダ・マルコスに対し、スイス銀行の預金のうち五〇〇〇万ドルを原告に支払うよう求めた。

一ドルを一〇〇円とみても二兆二〇〇〇億円の支払いとなる途方もない判決は、いまのところなんの効力も発揮していない。が、これを機に、マルコス資産の本当のところが次々と暴露され、先ごろは、ついに一〇〇〇億ドルの大台に乗った云々の報道がなされるに至ったのである。

ウマリは、その著作『マルコス・ゴールドを追って』を、〈ゴールデン・ブッダは災厄を運んできたのか？〉という疑問符で終えている。これまでの顚末をみれば、まさにそのとおりの感想を抱かざるを得ない。ひとりの元日本軍人、フシュガミなる人物の訪問からはじまった事態の経緯は、夢と絶望の両極を人々に与えた。それはあたかも戦争というものがもたらす恍惚《こうこつ》と不幸、一勝一敗（O君の表現）の両極そのものをみるようでもある。そして、いまなおフィリピンの山野に挑戦しつづけるトレジャー・ハンターたちは、ある意味で戦争の本質もしくは正体とも言える部分をまるで身内にとりついた霊か何かのように引きずっているとも言えるだろうか。

火のないところに煙は立たぬと言うが、この前の戦争は紛れもなく炎を立て、その後も長々とくすぶりつづけていることだけは確かだ。そして、その煙を我々もまた好むと好まざるとにかかわらず被らざるを得ない宿命にあることは、未だに命の安全を脅かされて安寧の地をもたない〝アルバート・ウマリ〟という一個の存在が物語ってもいる。

いや、筆者自身もまた命がけの仕事として取り組み、そして発表した以上は、彼らと同じ運命を覚悟しなければならないだろう。その可能性がなきにしもあらずだと、読者諸兄姉にも同意していただけるならば、このレポートが戦史の闇の奥へと入り込めたことの証しである。

復刻版のためのあとがき

初版時のタイトルを『最後の真実』としたのはいささか大げさだった、とその「あとがき」に記している。最後とは、私の命が終わる時だとすれば、生きているかぎり、続・最後の真実、あるいは、最後の最後の真実、といったふうに延々とつづくものだろう、と。それはそのとおりで、こうして復刻版のあとがきを書くことになったのだから、ある意味で「続」とも言えるだろう。タイトルも、いまの時点ではこのほうがいい、というものに変えている。

そもそも、私がフィリピンという国に出入りするようになったのは、直木賞を受けた作品やそのあとの長い新聞小説『砂漠の岸に咲け』などの舞台にしたことで、その取材が必要になったからであった。年代でいえば、一九八〇年代から九〇年代にかけて、一〇年ほどの歳月ということになる。その時期は、比国のいわば政治の季節であり、マルコス大統領の追放劇（エドゥサ革命〔一九八六年二月〕〈ピープルズ・リヴォルーション〉とも）に代表される激動の時代に、私もまたメディアの賑《にぎ》わいのなかへ身を投じたのである。

そのころ、事情に疎《うと》い私の世話をしてくれたのが、O君という、すでに比国在住を何年かつづけている青年であった（雑誌連載時および初版の作中ではA氏として登場するが、この復刻版ではO君として改稿している）。ある知人の紹介で、はじめて空港に出迎えてくれた時から、人のよい、酒好きで社交的な人柄に私はたちまち気を許し、意気投合する親しいつき合いをはじめた。彼を紹介した人物は、むろん彼の日本における前歴を知っていて、私にも告げていた。つまり、日本へ働きにきていたフィリピン女性——当時は「ジャパゆきさん」と呼ばれていた——と恋に落ちたのはよかったけれど、その女性はすでにある悪い男の好みであったことから、命まで狙われるという不運に遭い、それから逃れるためにフィリピンへと渡っていたのだ。が、件の女性とはそれをきっかけに別れており、ひとり首都マニラにて、名門デ・ラサール大学の医学部学生として、新しい暮らしをはじめていた。というのも、日本においても某大学の医学部に籍を置き、最後の卒業年を過ごしている途上、恋愛事件に巻き込まれたことから、地元の有力者——アキノ家と親しい政治家——の口ききもあって、異国の医学部に入りなおした、というわけであった。

その詳細は措くとして、実のところ、そのO君が比国に渡って間もなく出遭ったのが「山下財宝」なるものであったのだ。大学の医学部に通いながらも一方で財宝話に関心を抱き、その真相を探究しつつ、次第にのめり込んでいく。つまり、実際に財宝《たから》探しをはじめたのだった。むろん彼のみならず、同じ目的をもつ者たちが幾組もあって、そのうちのひと組を率いるほどの中心的人物になっていった。

財宝探しのことを、仲間うちでは、「穴掘り《アナホ》」と呼びならわしていたが、その情報網から可能性のある地域をみつけては資金を調達するのに忙しく、大学のほうはおのずと手を抜くようにもなってしまっていた。幸か不幸か、日本の実家――父親は東京の某有名女子大の創設者であった――が相当に裕福であったので、母親からの潤沢な仕送りでもって都心の上等なマンションに暮らし、穴掘りに夢中になっていた、そのさなかに、私がやってきたというわけだった。

急ぎ手短に言えば、ここに記したものは、そのO君の協力の下に成されたもので、かなりの部分が彼の知識と体験から材を得ている。山下財宝はあるのかないのか、という問いには、「ある」ときっぱりと答えたもので、どこまでも揺るぎのない信念をつらぬいていた。その証拠に、幾年か留年しながら医学部卒業まで漕ぎつけたものの、ついぞ医者にはならず、その道を放棄してまで穴掘りにすべてを投じてしまったのだ。悔いも迷いもない一途さでもって彼をとりこにさせた山下財宝なるもの、私のなかではある種の魔物のようにも映っていた。大東亜戦争そのものもよく研究していた彼の口ぐせ――あの戦争は一勝一敗だったのですよ、という言葉がいまも思い出される。私の感想では、一勝一〇敗と言えるほどの完敗であったと思うけれど、はじめに一勝したことはたしかである。

すなわち、アメリカほか連合国との戦いにはじめは日本が勝利して、占領地から金銀財宝を奪取し、後半は劣勢に立つものの、最後の決戦地フィリピンへとそれらを運び込み、人知れず埋葬して戦後に掘り出せるように企み、O君によれば、実際、ある部分はとうに掘り出され、一部は日本へも運ばれている、というのだった。O君がある旧日本軍人と個人的に接触した際は、あるやなしやの率直な問いかけに、「なんぼでもある。腐るほど、いやになるほど埋めた」

との生々しい証言を聞かされたという。

マルコス大統領が超能力者まで動員してそれを発掘したことで巨万の富を得たという話は、書物（『マルコス王朝』等）にも書かれているが、戦争というものが領地のぶんどり合戦であると同時に、その地の財を収奪するのは常識であることからすれば、一勝のあと、日本軍（特務機関などを含め）がやったのは同じようなことであったにちがいない。実際、英・米・蘭から経済制裁――石油などの禁輸――を受けた日本は、開戦後、「大東亜共栄圏」という名の自給自足的経済圏の構築を目指し、占領地から石油、石炭、ボーキサイトなどの戦略物資を調達すべく、占領前に破壊されていた各地の鉱山を非常な苦労をもって修復し、各企業（おもに財閥系）が分担して採掘、精錬していた。むろんフィリピンにおいてもそうで、その鉱山跡が敗色濃い日本軍によって再び破壊され、なかには財宝や作業員もろとも埋めてしまった例もあるという話などは、まさに戦慄をおぼえずにはいられない。

また当時、山下奉文《やましたともゆき》率いる第二五軍が早々と新嘉坡《シンガポール》を陥落させ（一九四二年二月）、マレー半島の英国支配を終わらせたあと、日本軍に反抗的な華僑（住民の大多数を占める）を虐殺したことが史実としてある。四万人と言われるその数はともかく、当時の日本軍人の日誌にある五〇〇〇人という数だけでもその背後にある財産――中国人は金塊を財とする――は相当なものであったはずだし、また、日本軍のご機嫌をとるために華僑から五〇〇〇万円の寄付――当時の貨幣価値としては莫大なもの――があったと言われるが、これもほとんど強制的なものであっただろう。まさに一勝に相当するものは計り知れない、と言ってよい。戦後、日本人に対する恨みを隠さないシンガポールおよびマレーシア人（華僑）やフィリピン人の多さは、七〇年代に訪れた私の体験からも言えることだが、それは措くとして、かの戦争の後遺症は後世にまで暗い影を落としてきたことだけは疑いの余地がない。

ただ、最後の拠点、比国へ運ばれた財宝に「山下奉文」の名を冠することが正当であるはずもなく、ルソン島における敗走を指揮した最後の将であったという理由だけでそう呼称されたにすぎないことは了解しておくべきだろう。

財宝探しに狂奔《きょうほん》したグループのなかには、むろん財宝目当てにニュー・ビリビット刑務所（マニラ）の裏手にある山下奉文の墓を掘り返した者がいた。その話によると、財宝も山下の遺体もなかったというのだが、では、敗戦後、彼の地で処刑されたはずの山下の亡骸《なきがら》はどこへ行ったのかという話でもちきりだったこともある。キリスト教国フィリピンでは、火葬などされないのがふつうであるのに、墓に遺骸《いがい》がないのはおかしい、というわけだ。

比国における山下裁判（BC級戦犯を扱ったマニラ軍事裁判）については、多くのエピソードが残されており、その立派な軍人としての姿勢に感服した弁護団（アメリカ人ら）が最後は不当判決を批判し、本国まで飛んで連邦最高裁判所に裁判の中止を訴えたという話もある。死刑を宣告されたあとにキリノ大統領の恩赦によって助命された軍人もいた（死刑判決六九名のうち一七名が処刑されたとされる）のだが、山下は絞首刑の判決どおり、刑場に消えたことになっている。が、その様子を映したという写真までがマニラの市街に号外として流布されたといった話を聞くと、いかにも見せしめ的、作為的なにおいがしないでもない。死刑にしなければフィリピン人が承知しない、つまり憎き日本軍の代表格であったことが極刑判決の背景としてあったにちがいない、と思えてもくるのだった。

また、ある日のこと、O君の前にひとりの日本老人が現れて、財宝についてさまざま語ってくれたという話は、私をして思わず身を乗り出させるものだった。すなわち、その人こそ、占領時代の比国にも視察にきたことのある東條英機《とうじょうひでき》であったにちがいない、というのだった。ヒデキという同じ名前をもつ自分に親しみを感じたのかもしれないですね、などとO君は話したものだ。ドイツ語も堪能であったこと（東條は三年あまりのドイツ駐在体験がある）や、年相応の枯れた風貌からして、こちらはマニラ法廷と違ってA級戦犯を扱う極東国際軍事法廷（通称・東京裁判）で死刑を宣告され、メガネなどの遺品だけがのこされて処刑されたことになっている東條元首相その人だったにちがいない、と。その後、二度とO君の前に姿を現すことがなかったのは、その素性がわかってしまうことを避けたのか、あるいはもう一〇〇歳にもなろうかという高齢ゆえに没してしまわれたか、いずれかだと思う、と。

むろん、にわかには信じられない話だったが、しかし、その処刑があったとされる真夜中に、一台の謎の車が巣鴨刑務所から横須賀（アメリカの軍港）に向けて疾走したという噂があることなどを考え合わせれば、これもまた一笑にふすことはできないような気がしてくる。米国では司法取引といって、犯罪者のひとりを赦免する代わりに秘密を暴露させることが行われるのはよく知られているが、その場合、その者の出自から氏名まですべて別人のものに変えることが許されて、どこかで生き延びることになる。

文中では、整形手術までして別人になろうとした、日本警察のお尋ね者の話を書いたけれど、山下奉文や東條英機らの場合は、超法規的措置ならぬGHQや米国政府の特赦による生存者として（別人となって）世界のいずこかで生き永らえたにちがいない、とO君は力説するのだった。

思えば、戦後も大事な証言者となるはずの山下や東條を、茶番裁判の批判も受けた判決どおり、そう簡単に殺してしまうだろうかという疑問は、もっともな理《ことわり》と言えなくもない。一般の死刑囚の場合、執行後は当局が荼毘《だび》にふし、遺骨は遺族に返されるのが通例だが、戦犯の場合はどうであったのか。

当時はGHQの占領下でその意のままであったのは当然ながら、もし処刑後の遺体を荼毘にふし、遺骨が家族に返されるのであれば、とくに遺品など残す必要があるのかどうか。いかにも処刑した証拠を示すためであったという穿《うが》った見方もできなくはない。処刑は（午前○時）ごく少数の立ち合いでもって極秘に行われたというが、後日公に（インターネット等で）された絞首刑現場の写真は白装束に黒布をかぶった人形のようだった。

それとも、米占領軍当局は死刑執行後の遺体（東條ほか土肥原賢二《どいはらけんじ》、広田弘毅《ひろたこうき》、武藤章《むとうあきら》など七名）を荼毘にふしたあと、中国にある一説のように、骨灰を太平洋上へ投じてしまったのだろうか。東條の墓地は東京の雑司《ぞうし》ヶ谷《や》霊園にあり――また靖國神社には七名の霊も祀《まつ》ってある――遺骨は愛知県にある殉国七士廟《じゅんこくしちしびょう》に埋葬されたことになっているが……。

終戦直後（一九四五年九月）から五一年まで計一一回に及ぶ「昭和天皇・マッカーサー会見」では、天皇の戦争責任や日本国憲法ほかについて双方の考えが交わされたのだったが、戦争は私の命令で行われ、すべての責任は私にあるから、私だけを処罰してほしい、と天皇は述べたとされている。国民はむろん戦犯として裁かれる者らに責任はない、とした発言をどのようにとるべきか、マッカーサーをも感動させたという天皇の発言は、死刑の判決を受けた七名の元忠臣の命と引き換えてほしいという意味にとれなくもない。会見の内容のなかには、誰にも漏らさないと約束されたものがあることも知られているが、その場に通訳もひとりだけ、しかも第五回（四七年）から第七回（四八年）までの三回分については、第五回の通訳官（寺崎《てらさき》英成《ひでなり》〈元外務官僚・宮内省御用掛〉）の記録も公表されておらず、第六回、七回は通訳官すら不明である。まさしく東京裁判の審理から判決への途上であり、四八年（昭和二三年）一二月二三日に七名の刑は執行されたことになっている。天皇は、任務を終えて離日する直前のマーカーサーに、最後の会見（第一一回・五一年四月）で、東京裁判での元帥の態度について謝意を表したい、と述べたとされるが、自分だけが訴追すら免れて生き延びている状況なら、そのような発言をされるだろうかという、素朴な疑問をおぼえるのは私だけだろうか。どうにでもつくれる写真など当てにならないし、むしろ事実を歪曲するために利用されることもある。戦史もまたミステリーに満ちているのは、いまに至る世界の歴史そのものにも言える現実である。

それはともかく、財宝にとりつかれた人たちがどのような運命をたどったのか、という話になると、いささか暗澹《あんたん》としてくる。文中の中心人物、アルバート・ウマリ氏とは、やはりO君の紹介でマニラの日本料理店で二度ばかり会ったことがあるが、店の奥座敷で隠れるようにいたことが思い出される。氏の著作を翻訳して書くことを承諾してもらった時は、もうひとりの仲間、ロジャーはすでに世を去っていた（この事実は氏の著作にもある）が、その死の不審さについても聞いたおぼえがある。黄金のブッダ像強奪はマルコス大統領の命令であったことから、その手が回ったにちがいないという確信を述べ、暗い顔で首をふり、肩をすくめたものだ。その後、O君の話では、そのウマリ氏自身とも連絡がとれなくなったということで、同じく命の危険を感じて身を隠したのかどうか、それさえわからないと言うのだった。

後年、タイで出家した私は、幾多のブッダ像に会ってきたが、ロジャーたちが掘り出したのがそれであることに意味をみる思いがした。というのも、仏教国タイはインドシナで唯一、日本軍上陸（真珠湾攻撃と同時展開されたマレー作戦）当初からの同盟国であり、軍の駐留および通過を認めていた国であったから、その地で占領地から収奪した財宝が、頭部の取り外しができるブッダ像（表面は金メッキで覆われているが、なかは空洞）に収められたとしても不思議ではない。そして、その像はひとつではなく、いくつもあったはずだが、財宝の隠し場所として、神聖視されるブッダ像は適していたにちがいなく、それもこれも辻褄の合う話のようにも思えるのだった。

ところで、そのO君もまた、実家や知友からずいぶんと資金を引き出して何年も穴掘りに没頭したものの、ついに成功の声を聞けないまま――かといってもはや医者になるわけにもいかず――財宝への情熱もいつしか冷めていった。そして、代わりに試みたのが高利の配当を約束する会社に投資することで、これもはじめは上手くいっていたのがある時期から頓挫して、数千万円の焦げつきを取り戻すために奔走《ほんそう》していた。会社をつぶし資金を凍結させた当時のアロヨ（女性）大統領をマルコスよりもひどい私利私欲の権化だと罵り、恨み、それでも闘いつづけたのだったが、苦闘一〇年あまりにしてついに力尽きたのか、ある日突然、意識不明の脳死状態に陥り、駆けつけた母堂らの承諾のもとに死を迎えたのだった。

そのころの私はすでにタイへ拠点を移しており、しかしたまにメールを交換して健在を確かめていたのだったが、ぷっつりと返事が途絶えてしまったことを不審に思っていた。出家してはじめて帰国した際、彼の東京の実家へ電話を入れてみると、母堂が電話口で、死にました、と開口一番に告げられ、耳を疑った。まだ墓をつくる気にもならない、友人関係にも知らせていないと言われて、深い悲しみに沈まれていたのがつい昨日のことのようだ。六〇歳まであと一日の死であったと言い、還暦になったら力ずくでも帰国させるつもりでおられたようで、後日、線香をあげに出向いた時も、未だ骨箱のまま応接間の台座に置かれていた。

仏教では「欲」なるものを煩悩の代表格として非とするが、彼らの運命を見てみれば、過ぎたる欲ほど怖いものはない、との印象を抱かざるを得ない。最後は没落したマルコス王朝のイメルダ大統領夫人の靴三〇〇〇足、衣装六〇〇〇着と言われた天井知らずの強欲を例にとるまでもなく、それは人の道を誤らせ、正常な人生を歩めなくしてしまうもの、と言うほかなさそうだ。それが皮肉にも親しい間柄だったO君の穴掘りがもたらした落とし穴であったことに、なんとも哀しく複雑なものをおぼえるのである。

しかもまた、徹底して欲を否定したブッダの、その像のなかに財宝が詰め込まれていたこと自体、あまりの人間の業を、いや旧日本軍やマルコスが為したことに業火をみる心地がしてならない。そこに、ただ罰当たりと言うだけではすまない、深い、救いがたい罪をみるような気がするのだ。それはまた、M資金などとともに戦後社会に横行した大口詐欺の材にも使われるという、妖怪が人をだますような不幸も呼んだのだった。

ともあれ、この書を通して、あの戦争はいったい何だったのか、旧日本軍は末期に何をやらかし、いかなる影響を後世にのこしたのか、という未だ解決しきれていない問題を考える縁《よすが》になることを願う。戦争なるものがどれほど戦後においても罪深い後遺症を引き起こすものであるかは、ここにも証《あか》されているはずである。そのことを理解することが、いかに心底から戦争を憎めるか、反戦の徒となれるかに関わってくるのだろう。

歴史は裏面にこそ真相が隠されているというのは私の常なる見方だが、安直に大国や勝者のつくった話を信じるわけにはいかないことが、全編を通してみれば一層歴然としてくる。そうしたことを告げるだけでも現代においては意味があるという思いがあり、同様の意図でもってこの復刻版を実現してくださった、育鵬社の田中亨氏に感謝したい。

また、私が異国の僧となって久しい時期に復刻されたことに、産経新聞社の月刊誌『正論』に連載したころの、危なっかしい俗物ながら懸命であった日々を思い起こさせるものとして、ある種の因縁と懐かしさを感じる。それは、しかるべき時を経てこの書を手にとってくださった読者諸兄姉とのご縁とも関わっており、そのことにも深く感謝しておきたいと思う。

二〇二二（令和四）年・寒季　僧房にて

笹倉明

プラ・アキラ・アマロー

初出誌　『正論』（産経新聞社刊）
一九九七年八月号〜一九九八年七月号

【著者略歴】
笹倉 明（ささくら・あきら）

作家・テーラワーダ僧
1948年兵庫県生まれ。早稲田大学第一文学部文芸科卒。1980年『海を越えた者たち』（すばる文学賞〈第四回〉入選）で作家活動へ。1988年『漂流裁判』でサントリーミステリー大賞（第六回）、1989年『遠い国からの殺人者』で第101回直木賞を受賞する。その他の作品に『にっぽん国恋愛事件』『砂漠の岸に咲け』『旅人岬』『推定有罪』『愛をゆく舟』『復権 池永正明三十五年間の沈黙の真相』『愛闇殺』『彼に言えなかった哀しみ』等がある。近著に『出家への道——苦の果てに出逢ったタイ仏教』『ブッダの教えが味方する 歯の二大病を滅ぼす法』（共著）がある。
2016年、タイ国チェンマイの古寺にて出家し現在に至る。

山下財宝が暴く大戦史
——旧日本軍は最期に何をしたのか

発行日　2023年1月20日　初版第１刷発行

著　　者　笹倉 明（プラ・アキラ・アマロー）
発 行 者　小池英彦
発 行 所　株式会社育鵬社
〒105-0023 東京都港区芝浦1-1-1 浜松町ビルディング
電話 03-6368-8899（編集） www.ikuhosha.co.jp
株式会社扶桑社
〒105-8070 東京都港区芝浦1-1-1 浜松町ビルディング
電話 03-6368-8891（郵便室） www.fusosha.co.jp
発　　売　株式会社扶桑社
〒105-8070 東京都港区芝浦1-1-1 浜松町ビルディング
（電話番号は同上）
装　　丁　新 昭彦（TwoFish）
ＤＴＰ制作　株式会社ビュロー平林
印刷・製本　サンケイ総合印刷株式会社

 ISBN 978-4-594-09384-6
本書のご感想を育鵬社宛にお手紙、Eメールでお寄せください。
Eメールアドレス　info@ikuhosha.co.jp